香港46家個性書店慢漫遊地圖

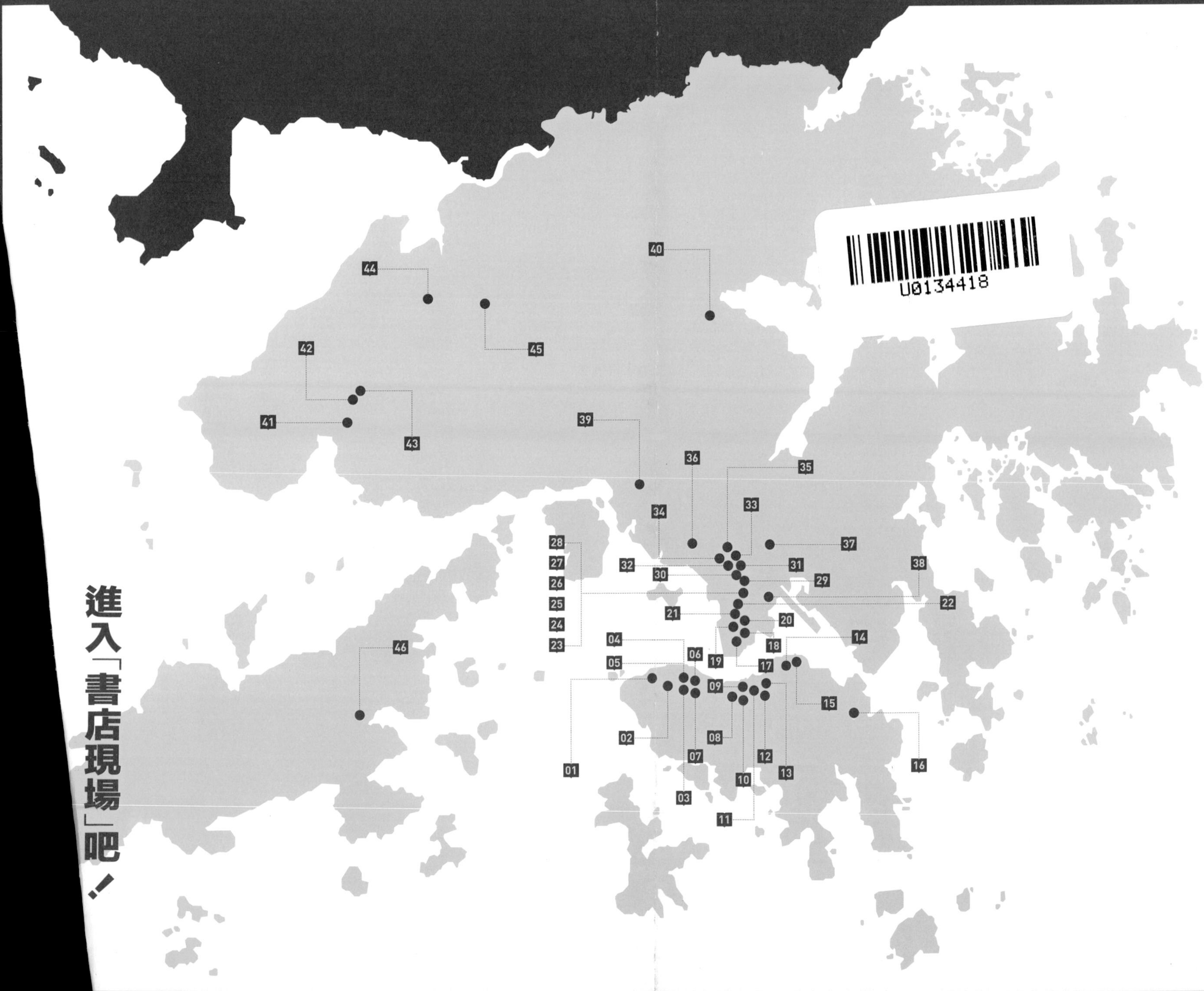

進入「書店現場」吧！

Google Map
即時查閱版本

如有書店資料
更新，請大家
協作通知，讓
我們可於網上
增補及修訂書
店名單

44
40
45
42
41
43
39
36
35
34
33
28
27
37
32
30
31
29
26
25
22
24
21
20
23
14
04
46
18
05
06
19
17
09
15
02
08
12
07
10
13
16
01
03

香港46家
個性書店
慢漫遊地圖

書店日常經營故事
收錄於《書店日常》

書店主理人訪談錄
收錄於《書店現場》

香港

01
精神書局（西營盤）
特色　中文二手書店
地址　香港西營盤德輔道西 408 號
營業時間　週一至日 11:00-21:00

02
Books & Co.
特色　中英文二手書、咖啡
地址　香港半山柏道 10 號
營業時間　週一至日 11:00-19:00

03
Librairie Indosiam-Indosiam
特色　遠東古本珍籍
地址　香港中環荷李活道 89 號
1 樓 A 室
營業時間　週一至六 13:00-19:00

04
Flow Bookshop
特色　英文二手書
地址　香港中環皇后大道中 189-205 號啟豐大廈 1F-G
營業時間　週一至日 12:00-19:00

05
Lily Bookshop
特色　中英日文及歐洲語言二手書，包括珍籍、特大圖書等
地址　香港中環皇后大道中 189-205 號啟豐大廈 1F-G
營業時間　週一至日 12:00-19:00

06
上海印書館
特色　玄學術數新書、二手書
地址　香港中環租庇利街 17-19 號順聯大廈 1 樓 103-106 室
營業時間　週一至五 10:00-20:00 / 週六 9:30-20:00 / 週日及公眾假期 14:00-20:00

07
Parenthèses
特色　法文新書
地址　香港中環威靈頓街 14 號威靈頓公爵大廈 2 樓
營業時間　週一至五 10:00-18:30 / 週六 9:30-17:30

08
天地圖書
特色　流行讀物、消閒小品、嚴肅文學、歷史政治等社會科學類圖書
地址　香港灣仔莊士敦道 30 號地庫及一樓
營業時間　週一至日 10:00-20:00

09
城邦書店
特色　中英文新書
地址　香港灣仔駱克道 193 號東超商業中心 1 樓
營業時間　週一至日 10:00-20:00

10
森記書局
特色　台港新書
地址　香港灣仔軒尼詩道 210-214 號玉滿樓 1 樓
營業時間　週一至日 10:00-22:00

11
艺鵠（ACO）
特色　藝文圖書、獨立出版
地址　香港灣仔軒尼詩道 365-367 號富德樓 14 樓
營業時間　週一至日 11:00-20:00

12
人民公社
特色　中港台圖書、生活雜貨、咖啡
地址　香港銅鑼灣羅素街 18 號 1 樓
營業時間　週一至日 9:00-24:00

13
銅鑼灣樂文書店
特色　台港中文新書
地址　香港銅鑼灣駱克道 506 號 2 樓
營業時間　週一至四及週日 11:00-22:00 / 週五、六 11:00-23:00

14
北角森記圖書公司
特色　台港圖書、貓貓伴讀
地址　香港北角英皇道 193 號英皇中心地庫 19 號
營業時間　週一至六 12:30-22:00 / 週日 14:40-22:00

15
青年書局
特色　南懷謹老師著作、佛學
地址　香港北角渣華道 82 號 2 樓
營業時間　週一至日 10:00-19:00

16
神州舊書文玩有限公司
特色　二手書、古籍
地址　香港柴灣利眾街 40 號富誠工業大廈 A 座 23 樓 A2 室
營業時間　週一至六 9:30-17:30

九龍

17
智源書局有限公司（日本圖書中心）
特色　日文圖書及雜誌
地址　九龍尖沙咀金巴利道 27-33 號永利大廈 2 樓 A 座
營業時間　週一至六 10:00-19:30

18
讀書好棧
特色　台港中英文新書
地址　九龍尖沙咀柯士甸路 18 號僑豐大廈 2 樓 207 室
營業時間　週一至六 11:00-19:00 / 請留意店主臉書通告

19
突破書廊（佐敦店）
特色　透過出版、創意產品和活動，打造文化生活空間
地址　九龍佐敦吳松街 191 號地下
營業時間　週一、三至六 11:00-20:00 / 週二、日及公眾假期 12:30-20:00

20
MUSE Art & Books 藝．書．臺
特色　世界各地藝文、綠色生活、社區專題書
地址　九龍油麻地志和街 1 號登臺酒店地庫
營業時間　週一至日 12:00-24:00

21
Kubrick
特色　藝文史哲圖書、雜誌、獨立出版、咖啡、餐飲
地址　九龍油麻地眾坊街 3 號駿發花園 H2 地舖
營業時間　週一至日 11:30-22:00

22
新亞圖書中心
特色　中文二手書、古籍
地址　九龍旺角西洋菜南街 5 號好望角大廈 1606 室
營業時間　週一至日 12:00-20:00

23
田園書屋
特色　台港中文新書
地址　九龍旺角西洋菜街 56 號 2 樓
營業時間　週一至日 10:30-22:00

24
榆林書店
特色　台港中文新書
地址　九龍旺角西洋菜南街 59 號 3 樓
營業時間　週一至日 13:00-22:00 / 週日 12:00-21:00

25
開益書店（旺角店）
特色　台港中文新書
地址　九龍旺角西洋菜南街 61 號 1 樓
營業時間　週一至日 12:30-21:30

26
樂文書店（旺角）
特色　台港中文新書
地址　九龍旺角西洋菜街 62 號 3 樓
營業時間　週一至日 11:00-21:30

27
梅馨書舍
特色　中文二手書、古籍
地址　九龍旺角西洋菜南街 66 號 7 樓
營業時間　週一至六 12:00-21:00 / 週日 14:00-21:00

28
序言書室
特色　文史哲台港新書、二手書
地址　九龍旺角西洋菜南街 68 號 7 樓
營業時間　週一至日 13:00-23:00

29
有為繪本館
特色　繪本、兒童圖書書
地址　九龍旺角西洋菜南街 204 號 1 樓
營業時間　週一至日 11:00-20:00

30
基道書樓（旺角店）
特色　社會議題、心靈勵志、基督教書刊
地址　九龍旺角弼街 56 號基督教大樓 10 樓
營業時間　週一至六 10:00-21:00 / 週日及公眾假期 12:00-19:00

31
長頸鹿繪本館
特色　繪本及親子共讀空間、旁邊是 cafe
地址　九龍太子砵蘭街 372 號儷凱酒店 1 樓
營業時間　週一至日 10:00-19:00

32
我的書房
特色　中文二手書
地址　九龍太子荔枝角道 79 號寶豐大樓地下
營業時間　週一至日 13:00-21:30

33
哲佛書舍（深水埗店）
特色　專營佛學書籍
地址　九龍深水埗白楊街 30 號地下
營業時間　週一至日 10:00-19:30

34
Book B
特色　獨立出版、藝文圖書、咖啡
地址　九龍深水埗大南街 198 號地下（common room & co. 內）
營業時間　週一至日 11:00-19:00

35
小息書店
特色　文史哲、心靈勵志、基督教書刊
地址　九龍長沙灣道 137-143 號長利商業大廈 11 字樓
營業時間　週一、週三至週六 12:00-20:00 / 週日及公眾假期 13:00-18:00

36
發條貓
特色　店主自選新書及二手書
地址　九龍荔枝角青山道 500 號百美工業大廈 4 樓 C12 室
營業時間　週四 19:00-22:00 / 週六 18:00-23:00 / 請留意店主臉書通告

37
開懷舊書店
特色　無障礙設施、提供各類二手書
地址　九龍黃大仙下邨龍裕樓地下九龍東傷健中心內
營業時間　逢週六 10:00-18:00（公眾假期休息）

38
Urban Space 都市空間
特色　書籍、文具，提供輕食、飲品
地址　九龍土瓜灣美景街 47 號 B 地下
營業時間　週一至六 12:00-21:00 / 週日 14:00-21:00（週四休息）

新界及離島

39
Life Reading 兒童繪本閣
特色　生命教育繪本
地址　新界荃灣南豐中心 23 樓東翼 B10 室
營業時間　週一至二、週四至六 10:30-19:30

40
解憂舊書店
特色　中英文舊書、漂書
地址　新界大埔寶湖道街市 F021 號舖
營業時間　週一至日 11:30-20:00

41
樂活書緣
特色　二手書
地址　新界屯門置樂花園 39 號舖
營業時間　週一至日 10:00-18:00

42
清山塾 Casphalt
特色　文學、飲食文化、
地址　新界屯門屯富路清
營業時間　週二至日 12:00-2

43
虎地書室
特色　二手書、生活
地址　新界屯門嶺南
地下（UG16
營業時間　週一至四 14
週五 14:00

44
生活書社
特色　二手書
地址　新界元
S96 號
營業時間　週一

45
比比書屋
特色　店
地址
營業時間

46
Imprint
特色
地址
營業

書店現場

香港個性書店訪談札記

周家盈——著

推薦序

熱情的來源

郝明義
大塊文化董事長

香港的獨立出版人和書店經營者，連續多年來參加台北國際書展，並且愈來愈顯示特色，成為大家關注的焦點。

今年（二零一七年）我看到他們成立了聯盟，也得知其中有些人在香港彼此並不認識，是藉由台北書展的場合而相聚。這些許多是一個人的出版工作者結合起來的活動和熱情，令人印象深刻。

我不由得好奇。

全世界的出版產業都處在網路及數位時代所形成的寒冬中。不同地區又各有自己的情況。有的地方是風寒，有的地方是冰雪暴。

當台灣的出版者、書店業者面臨許多難題，並感到自己兩千三百萬人口市場規模的侷限時，在香港七百萬人口的地方，這些獨立出版者和書店經營者，如何維持他們的熱情？

所以我決定在書展之後找個時間去實際參觀一下。

去了這一趟之後，心得不少。

過去香港的獨立書店，因為負擔不起一樓店面的昂貴房租，多在二樓，因而有二樓書店之稱。今天這些書店已經必須往更高的樓層走，所以已經是七樓書店、十一樓書店了。

但是隨著樓層的變化，這些書店的經營方向和方法也變化，早已經不是過去二樓書店時候的情況了。

出版人也是。

香港的出版人一向有著獨特的視野和品味。今天一些年輕世代的獨立出版工作者，更善用網路時代的工作環境，走一條別人看來有些孤獨，但自己很堅持卻又很自在的路。

阿丁正是其中之一。

周家盈寫的《書店現場》，正是阿丁出版的有關香港個性書店的一本書。

讀這本書可以看到香港的獨立書店的光景，也可以看到出版這本書背後的獨立出版的精神，能對他們熱情的來源有所體會。

很榮幸為之序。

也感謝大家給我的啟發。

郝明義

自序

周家盈

「怎麼香港還有那麼多書店？」

——是的，請不要太驚訝。

二零一六年初，出版了《書店日常——香港獨立書店在地行旅》，我用讀者的身分，闡述了十一家書店的故事，另外也曾自家製作及推出過一份書店地圖。許多沒有逛書店習慣的人，都訝異於香港的獨立書店那多元生態，我比他們更加驚訝。開始走訪和寫那些書店的訪問文章，其實是在更早一點、大概是二零一四年的事，那時候看了非常多外國出版關於獨立書店的著作，渴望知道更多本地的書店故事，卻怎麼找也找不著結實的文字記錄。往往只有在新聞所見，而且為甚麼總是憑弔哀悼書店的結業消息？

於是帶著這個想法，帶著懵懂未知，去走訪打理書店的人，聆聽書店經營的故事，也是人與人之間的故事。

提起香港的獨立書店，首先必想到二樓書店，也就是在鬧市中某棟唐樓內拾級而上的閱讀文化。由於自己並未經歷太多逛樓上書店的經驗，言談間腦海裡中冒出更多問號，爾後欲查找資料，卻發現關於香港書店的著作或研究竟非常罕有，是以每當讀到寫香港書店的舊文章、書籍，便將有用的萃取整存作參考，就如同一塊塊散落的砌圖，左拼拼、右看看，最後湊成一幅美麗的閱讀風景。在整理書店訪談的過程中，一次又一次震撼心靈，原來香港還有那麼多特色書店。

每次跟書店主理人對話，我總覺得，像是在把一塊塊砌圖拼湊成完整的圖畫。特別是提到某幾家屹立多年的書店名號時，各人也從記憶中抽出絲縷印象，述說自己跟那些書店獨一無二的關係。才剛聽到某位提起八、九十年代創立的樓上書店如文星、洪葉，另一次訪談中可能就發現那年輕的店主曾是常客。又或者是，我想知道書店現址以往的模樣，翻找資料後從舊書中發現，原來那裡曾經是另一家書店。

故此實在需要有人將書店當下的模樣記錄下來，特別在這個更迭迅速的行業裡，沒有系統性的記錄，結業的書店很快會淪為一則舊聞，繼而被忘掉。從查找資料的過程中便深深感受到，若非靠著從前有心人的書寫描繪，現在我怎可以知道到舊時風貌，甚至從作者的語氣用詞去揣測當時的閱讀風氣。

如同一顆石子投進湖裡，或泛起漣漪，或激發千層浪。我期許人們關注書店的生態而非疲態，更希望出版此書後十年、二十年甚至更長的時間，書店仍然照常營業。

周家盈

目錄

目錄

198
common room &co.
Book Shop
Café
Gallery
mon to sun 11:00 – 19:00
走杯
星期五
九龍・深水埗
走星期五, 我們
不會提供任何紙杯
放低
"方便"一天
為環境
出一分力
#GoCupFri
GO CUP
Friday
Sham Shui Po
We DO NOT serve
paper cups on
every Friday

01 Book B

特立獨行，
展示主流以外的好玩出品

“獨立出版講的是性格，
我們覺得獨立書店也是要有性格的，
其存在根本就像是一個人。
你找到一百本獨立出版品，
幾乎就代表一百種不同的人。”

——Book B 主理人胡卓斌及黃思哲

BOOK

Book B 主理人

胡卓斌 ｜ 卓

香港平面設計師，設計工作室 Edited 創辦人，香港獨立書店 Book B 及文化空間 common room & co. 創辦人之一。曾獲香港設計師協會「環球設計大獎」、「香港最佳設計」（書籍類）及 GDC「平面設計在中國」等獎項。2013 年成立出版社 Mosses，從事獨立出版及展覽策劃，其出版書籍為日本 Takarazuka Media Library 館藏。

黃思哲 ｜ 哲

曾為多本小說創作插圖、設計地下音樂會海報。香港獨立書店 Book B 及出版社 Mosses 創辦人之一。

書店時光

書與人的不期而遇

穿過滿是紡織品、配件與皮革用具店的大南街，抬頭就看見寫上店名「common room & co.」的一個圓形小燈箱，像跟你打招呼說：「這裡是個有書、咖啡和創作人的共用空間唷！」

我喜歡這種從店舖門口天花延伸出來的小型招牌，並非老香港街道常見那種鐵箱招牌，感覺搖搖欲墜，穿過時頭皮總發麻，生怕會整個掉下來。也不像新型藥房、珠寶店那樣招搖過市，燈光閃爍而讓你睜不開眼。

由胡卓斌（阿卓）及黃思哲（阿哲）主理

01. common room & co. 的圓形燈箱招牌，Book B 就在店裡面。

02. 進店前可從長椅上拿免費的單張與刊物看看，了解城市裡近期的藝文消息與新玩意。

03. 手寫餐飲粉筆字與圍繞旁邊的濃嫩翠綠，構成了清新的景致。

01

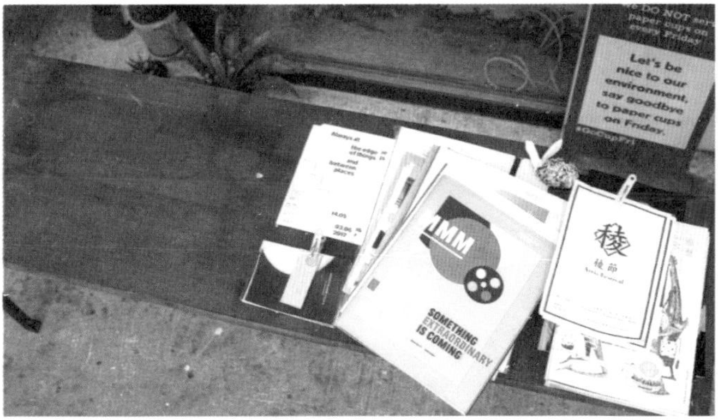

02

03

04

的書店Book B落戶此處，光是經過店面就足以讓你愛上這裡。板根榕樹與小盆栽為店面注入清新的草綠色，駐足門前看著小植物、手寫餐牌與免費派發的藝文資訊單張，還能在小木凳上坐下來觀看街道風景，那樣已經可以消磨一段時間。

書店地舖的室內設計以米白為主調，搭配木質傢具，踏進去已經飄來咖啡香氣。門口左邊是一列書架，書刊或平放在架上、或豎立堆疊、或以富趣味的書首面向客人，等待誰感興趣了，哪怕隨手翻一翻，只速覽圖片，說不定就此愛上了閱讀，一頭栽進書海。樓上則是展覽場地。

「書本是會等人的，假如某天你在這裡喝咖啡喝膩了，抬頭一看，說不定會被架上某本書吸引，繼而喜歡閱讀。」這是阿卓非常喜歡的一個說法，我聽後連連點頭。

若你從來沒有逛獨立書店的經驗，你將會被這裡似乎怪異卻有格調，也有點意思的選書吸引。大小、形狀、色彩、裝幀不一的書籍和刊物，視覺上卻與柔和燈光的背景非常協調，像在看一個人的私房書架。事實上，這正是實體書店的魅力所在，於感性的選書與陳列中一本接一本看下去。假如在看與紅酒相關的書籍，旁邊可能放著一本講芝士的書，這時候大量新奇的資訊湧來，你會發現求知欲望無限擴大。而這樣的安排是人性化的，能夠看到選書人的用心，有別於網絡商店「你可能會喜歡」哪些商品的機械估算。像日本獨立書店 Book & Beer 創辦人嶋浩一郎所言，網絡書店的優點是「讓我們找到想要的東西」，而實體書店則「讓我們知道自己想要甚麼」。

04. Book B 的書架，靠在小店左邊的一堵牆上。

05. 各種各樣關於閱讀的對話與交流，每天在 Book B 上演。

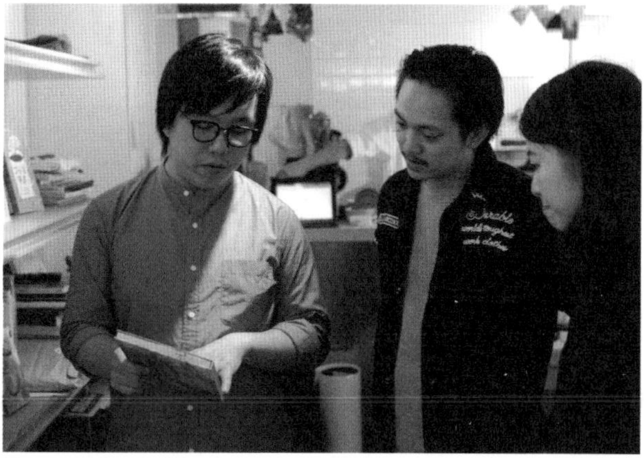

05

06

多元好玩的獨立出版

對不少人來說，看書是通過勤力獲得知識的表現吧，光提起就聯想到上學校那種讀書。「你愛看書嗎？讀書好啊，將來一定衣食無憂！」幾乎是我小時候常常聽到的台詞。阿哲的親戚知道他開書店，也認定是印象中刻板嚴肅、賣教科書的那種書店。

「很多人認為書本是知識載體，是為了學習，如果不需要學習便不用看書。如果你自問不愛看書，那你便來 Book B 吧。為甚麼我們的書是奇形怪狀呢？我們想，起碼你會拿起一本來看，嘗試覺得書本也很有趣。」阿哲說。現今消遣玩意那麼多，嶋浩一郎又說過，「人不再買書了，以為書不好玩，但並非書不好玩，而是不知道書的好玩。」阿卓和阿哲兩人營運的書店，正是想告訴大家甚麼是獨立出版，想大家多看主流出版以外的書，對出版的想像闊一點、大一點。

所謂「獨立出版」，其實是種自主開放的精神。早於上個年代中，文化藝術工作者鄧正健已在某報道中提及，「大概『獨立出版』根本不是一種分類，而只是一種抗衡主流出版邏輯的姿態，填補流行讀物和實用書籍以外的空白，以及開發困乏的發表和出版空間。」

獨立出版其實相當多元化，包括書本、雜誌、zine（獨立創作誌）、攝影集、畫冊等等。藝術家對生活的觀察結集成冊，設計師講究印刷質量與排列美感的結晶，攝影師感覺瞬間的捕捉，自由文字工作者的隨筆感悟，甚至是將經典文學作品翻譯推出，或重新設計書籍外觀，賦予有價值的作品新的生命。

07

06. 即使你只是純粹來喝杯咖啡，但有一天也許覺得悶了，隨手拿起一本書來看，說不定從此便愛上了這本書。

07. 咖啡與書的結合，是不少新型書店的經營模式。

那麼獨立出版的意義便在於，從單向被動的主流經驗吸收中，閱讀與思考更多貼近生活本質的東西。這些東西透過紙本印刷，紮實傳遞大眾社會以外的價值，而 Book B 正好成為介紹窗口，一步步開啟愉悅的閱讀經驗。

代表主流的 Book A 像一個罐頭，容納不下的題材與想法，就交由 Book B 負責吧！

10

10. 平日下午，店內不時人頭湧湧。左邊牆上的屏幕可作電影放映或展覽之用。

閱讀對話

問 — 我想知道 Book B 的選書理念和方向，有甚麼書籍能走進這家書店之中？

哲 — 基本藏書選擇一定是獨立出版，世界各地有很多獨立出版，我們盡量以自己的角度挑選值得介紹的放在這裡。若我在香港做獨立出版，便會來多看一點，知道原來有其他人也在做這樣的東西，而且可以在這裡發表。事實上也有人會問能否在這裡寄賣。選書的取向就是獨立出版。起初我和阿卓完全不懂得營運書店，是由零開始摸索，我們也不想經主流發行商拿貨。基本上我們這裡的貨都沒有經香港發行商取，甚至外國也沒有發行商代理，很多時候都是直接找出版社負責人或作者本身。

這也是獨立出版的精神，獨立出版很多時很靠人與人的關係，比起傳統出版與發行的模式，獨立出版便是這樣。如果我自己是作者印了書，我不會去找發行商，很少會這樣做。那怎麼發表呢？通常是到不同書店問、或去 art book fair，介紹自己的書之餘也會認識到其他人，或是人與人的交換。這樣做是快樂的，有時我入書，向人家說：「你本書好正喎！」，別人會多謝我，然後開始聊天，覺得這樣件事人性化很多。

你會看到很多奇形怪狀的 zine，這是因為獨立出版講的是性格，我們覺得獨立書店也是要有性格的，其存在根本就像是一個人。你找到一百本獨立出版品，幾乎就代表一百種不同的人。

問｜為甚麼會開書店？

卓｜一切來自二零一三年時，我們開始舉辦活動。當時覺得香港好像沒人談論獨立出版，甚至我們連香港有多少人正在做獨立出版也不知道。當時做了怎麼樣的一件事情呢？我們辦了一個展覽，名叫 "It Won't Be Too Small"，是 zine party。為甚麼叫 party 呢？是因為我們覺得自己沒有資格去舉辦一個展覽，當時只是借了 Kubrick 在書展的場地一晚，嘗試邀請我們在香港知道的人，發英雄帖那樣，從那次開始突然發現原來香港都有很多人在做獨立出版。

那次之後我們繼續找方法舉辦活動，譬如和香港國際攝影節合作，在他們的 Reading Room 舉辦了一個叫 "In Between Books" 的活動，關於攝影和攝影書之間的關係。

08

想告訴人們甚麼是獨立出版，想大家多看主流出版以外的書，對出版的想像闊一點、大一點。

當我探索這些活動時發現，其實一年辦一、兩次活動，效果不大，一來人流不多，二來聚集不了，大家趁活動時約出來談，但很難有動力繼續下去，因為沒有實際一個地方。所以我和阿哲便想，不如我們做一家圖書館，最初還未想到是做書店的，或者是做一家特別的書店，可能你來喝咖啡便可以看書，這是我們很早期的想像。那時太子的「雲吞麵」（Wontonmeen 旅舍）有個丟空的場地，令我們實現了這個想法。但因為始終要交租，所以我們必須把想法變成店舖的營運模式，而不是圖書館。到了現在便是這個模樣，但我們的心態仍然一如最初，人們來了若不買書，我們也不會介意。喜歡便買杯咖啡支持一下，或真的只來逛逛，也沒所謂。經營這裡，跟二零一三年辦展覽一樣，就是想告訴人們甚麼是獨立出版，想大家多看主流出版以外的書，對出版的想像闊一點、大一點。

問 — 你們的獨立出版品是否主要是 zine、藝術設計和攝影集？某些獨立出版文字比較多，你們會否入那類書？

哲 — 我想你這個問題也是很多人的問題。到底甚麼是獨立出版？是否 zine 才是獨立出版？甚麼是 zine？

卓 — 起初我們辦 zine party 時用上 zine 這個字，慢慢做下去發現 zine 不能滿足我和阿哲，因為 zine 對我來說是充滿熱情的東西，通常沒有太嚴謹的製作。例如我很喜歡踢足球，於是我將踢足球的趣事結集成一份東西，影印、釘裝，便成為一本 zine，這是 zine 的特色，但只是整個光譜其中一部分。有編輯、

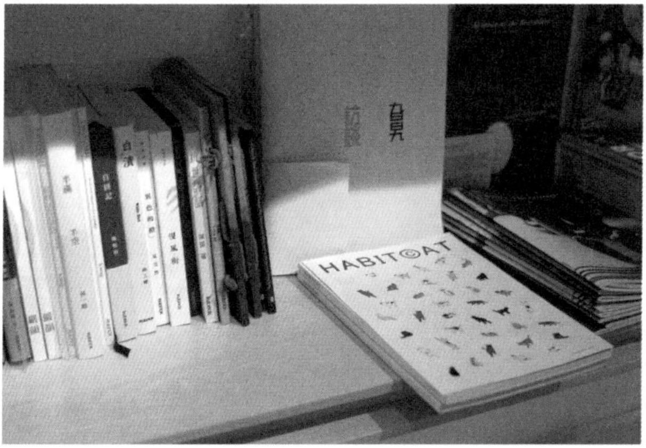

09

08. 兒童繪本與豆本書，好奇的大人也會喜歡。

09. 值得留意的本地獨立出版書刊。

校對、印刷，也是一種獨立出版。

其實我們這家店並不止是想做 zine 那類型，熱情當然我們也有，只是我們更加想做一些高質素的，由熱情，到想法，到製作，都是精良的。而普遍這些書比較少出現在文學、文字書類型上，其實我們都想做一些企劃是關於這方面的，究竟我們在香港出版一本小說、散文，是否只能賣五十元一本呢？能否做一本製作非常精美的文字書，賣二、三百元呢？內

> 我們這家店並不止是想做 zine 那類型，熱情當然我們也有，只是我們更加想做一些高質素的，由熱情，到想法，到製作，都是精良的。

容、質素是我們選書的主要原因，我們未必會管它是哪個類型，可以是本詩集，或者是小說。

譬如有本獨立雜誌叫《SIRENE》，其實是一班很喜歡大海的人做的，入面有不同角色的人，有作家、設計師、攝影師、畫家，甚麼都有，它是以 kickstarter 籌款的形式，去做一本關於海的雜誌。而整本雜誌用的紙張是由海藻製成的，第一期的序便寫明為甚麼要用這種紙來造書，以及有甚麼生物是跟這海藻一起生存。我覺得這便是一本所謂很好的 zine 的例子，是用一股熱情來做，也有很好的執行、很好的製作。

哲｜通常是這樣，先有個想法，然後便會認識到一個設計師、一個畫家，或者身邊其他有類似想法的朋友，於是便一起做些事情。例如《香港種植》便是這樣，緣起於一個農夫，

他對於有關農業的東西有話想說，由零開始，進而認識很多很多人（如設計師）來幫他。

卓 — 我們也有做自家的出版，不止是在做零售店。書店本質上是零售點，但也可以做出版。大書店有自己的面貌，獨立書店也是，在哪裡看出來呢？不止是選書，因為我們跟別的獨立書店的選書也許都有相同，但如果我們都有各自做的出版，那分別便很大。所以經營獨立書店對我們來說，最重要的，是也有做獨立出版這件事。

問 — 你說的很對，其實我在出版《書店日常》之前，也是自己印刷、自己釘裝一份名叫《Slowdown Town》的 zine，自己拿去賣，後來寫好了《書店日常》的稿，想到找家獨立出版社合作出書。作為讀者，我比較有興趣知

11

11. 阿哲負責選書，為書店整理一片獨特的閱讀風景。

道，你們採購書籍的過程是怎樣的？你們都在香港吧，是否旅行時見到而買書？

哲｜挺有趣的，其實大部分都是上網進書，如果我見到某本書很棒，心想便買下來吧，傳個電郵，有時情況很順利，有時對方卻沒有回覆我。

卓｜或者懷疑我們是否書店。

哲｜有一個經歷——當時我們的書店還在舊址，而且尚未開始營業，但要著手進書，我自己有個很喜歡的攝影師，在挪威的，於是電郵去問他要書，然後他第一個反應是——「我們選的寄賣點是很嚴謹的，不是說你想進貨便給你。而你提出的要求，為甚麼每本書只要一本或兩本存貨？其實你們是家怎樣的書店？」甚至懷疑我們是否一家書店。我便長篇大論跟他解釋香港書店的經營環境是怎樣、我們的情況是怎樣，又跟他說——「你的書真的很棒⋯⋯可是賣五百元一本書，其實我也不太捨得買，所以即便我們想賣也不會進太多本。」

卓｜有趣的是，他後來回覆我們時說對不起，責怪自己懷疑我們了。

哲｜現在我們也有進他的書，真的很好。外國的獨立出版社往往只有一、兩個人完成所有事情，製作出版、處理貨物、回覆電郵，所以我也不怪他們，有些真的沒有時間回覆電郵。有一家在美國的出版社跟我說——「不好意思，你發五次電郵我都沒看到，因為我有五千個未讀電郵」，到現在他們也還沒回覆我進貨的事。這其實是很有趣的，有些書我想入也沒辦法，有些書是人們來問我有沒有興趣賣，例如台灣、甚至外國的出版社會說他們有本這樣的書，希望在你們的店賣。書店好像就

12

12. 每一冊本來像孤零島嶼的 zine，與其他創作並列相遇以後，閃耀出獨特又繽紛的色彩。

是藉著獨立出版這件事，很強烈地讓人感受到人與人的溝通。

卓 — 這就是 Book B 的精神，其實我們並沒有覺得 Book A 不好，我也會看 Book A，問題是你也需要一本補充，因為實在沒可能一家店可以包括所有事情，我們在主流之外想提供多一個可能性。

哲 — 選書方面可以再多說一點，因為我們地方不大，放不了那麼多書，所以從一開始便知道並非要做得很齊全。

還有就是，很多人說香港的閱讀風氣很差，但我去旅行時跟外國的獨立書店店主聊天，他們也會說自己的書不好賣，我覺得這是全世界的事，可能外國好一點，但經營也是困難的。開了這家店後，我又覺得，香港人其實是「識貨」的。有群人需要這些東西，我們便提供。也有個情況是，普通人聽到開書店，我的親戚也是，便會問：「是否哲學書？心理學？」等等，有個刻板的印象，一提到書，便是文字海，一定是學術知識書。所以為甚麼我們的書是這樣呢？我們想至少你會拿起一本書，嘗試覺得這本書很有趣。

暫時來說，我們很努力在做這件事，嘗試將人對書的興趣提起。

問—你們觀察到進店的人會專心看書嗎？還是仍然只顧滑手機？

哲—我曾經賣過紅酒，發覺當我賣書時，特別是賣昂貴的書籍時，情況就像賣紅酒一樣，一定要說產地，一定要說它有甚麼味道、after taste（餘韻）、有甚麼層次、製作是怎樣，其實根本是一模一樣的處理。於是我開始

理解到，書本某程度上會否跟luxury（豪華、奢侈品、享受）也有關係？我不是說名牌，而是一種態度。例如說我怎樣運用我的時間？這是一種luxury。每個人都有二十四小時，為甚麼有人較為luxurious（奢侈）？當然與金錢有關，但也可能是你選擇怎麼去運用時間，專注於甚麼地方之上。為甚麼我會寫紙條在書本上面，亦是這個原因。我發覺書本就這樣放在這裡，是賣不出去的，但如果客人拿起了，似乎有興趣，我跟他再說多一點，很多時候他都會買下來，即使書價是六、七百元。不說便一定不會買，因為他不知道那本書關於甚麼。

卓—這正正突破了很多人對獨立出版的想像，突然間覺得人生原來很有樂趣，有些事情是我不知道的，而這也是我們鼓勵人們做獨立出版的原因，如果香港人永遠只向錢看，只出

版賺錢的東西，很快香港的出版業便會玩完，因為沒有了有趣的東西。香港其實非常適合做獨立書店和獨立出版，這是我開書店之後感受到的，以往我也像普通人一樣想，香港租金貴、人工高、經營環境不好、人們不讀書不買書，或者逛書店後再到網上買折扣書。做下去才發現，我們撿到一塊好的。曾經有個外國人跟我說——「如果你的書店不是在香港，我不會來到。」

香港是個國際城市，外地本來就有獨立出版，獨立出版不光是自己的東西，一定要看看外面的，讓這裡的人看看，然後受啟發有甚麼影響，再創造自己的東西，慢慢建立起來。而香港作為轉口港，一個這麼發達的城市，天生有條件做獨立出版和獨立書店，所以我後來發覺我們是很幸運的。

如果香港人
永遠只向錢看，
只出版賺錢的東西，
很快香港的出版業
便會玩完，
因為沒有了有趣的東西。

13

13. 讀者看到介紹紙條，可了解關於某本書的身世。

14

我們沒有宣傳，是靠口耳相傳——「你喜歡獨立出版？那一定要到 Book B 逛逛，那裡有很多古怪的出版品。」希望可以令志同道合的人聚集在這個地方，這也是我們做地舖的原因，有街坊行過，好奇便進來逛逛，這才能影響別人。

問—你提到地區性問題，現在多街坊來逛書店嗎？

卓—其實現在很多人進來都是喝咖啡，並非為了逛書店。我挺喜歡一個說法，為甚麼是書，而不是其他媒介？因為書可以等，如果你純粹來喝咖啡，有一天你覺得悶了，隨便拿本書來看，會有它的化學作用。所以我們並不擔心沒有街客，反而會多舉辦出版活動來聚集人們。書店不能只是買賣，否則只是家零售店，這不是我們真正想做的，我們希望做到宣傳及分享獨立出版的成果。

問｜能否說說你怎麼利用這個空間做自己想做的事情？

哲｜我們會做很多事情，讓這裡不止是賣書那麼簡單，人們走進來看見很多書，但我更加想讓人看到的，是一種可能性。就算你知道獨立出版，有閱讀習慣，卻未必會知道是怎麼形成的。由一個興趣開始，變成一群朋友一起出一本書，讓出版延續。出版這回事可以帶你到不同的地方。

哲｜很多人都會問，你是怎麼入書？但這並不是最重要的。當我入一百本書回來，怎麼擺放、介紹才是重點。選書當然重要，但對我來說，已是不用多費心的事，但買了一本書回

15

14. 店內賣手沖咖啡為主，咖啡師會詢問客人喜愛甚麼風味，再度身調配咖啡。

15. Book B 不時舉辦不同形式的分享會。

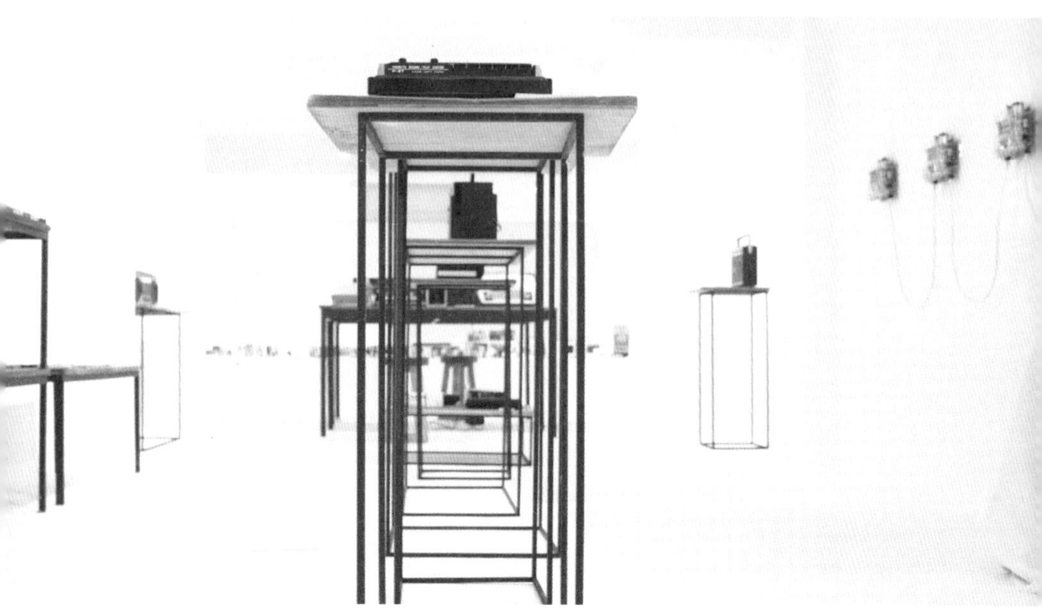

16

來，或者有這麼多書放在店裡，該怎麼整理？可以說甚麼故事？我花挺多時間去想怎麼介紹書本，我想這是 Book B 的特色。可能你每次進來也覺得有點不同，因為我希望你見到不一樣的東西。我們正在嘗試，你來逛實體書店的經驗，再將它做好一點。所以這也是為甚麼我會寫紙條介紹書本，一切還在不斷摸索中。

卓｜而且是不會停止的。不再是傳統格局，一入門便是豬肉枱，放新書或流行書，走進去是一堆食譜等。如果你很喜歡某家書店，逛一圈後應該會帶走一本書，即使你知道上網買書可能比較便宜，但一家店最重要的作用，就是會給你介紹到一本你想要的書。

17

16. 二樓是策展場地，純白色的裝潢讓整個空間感覺光亮明淨。訪談當時正舉辦一個懷舊卡式帶展覽。

17. common room & co. 的地舖後方，設有另一品牌 Lab by Dimension Plus 的工作位置，客人可在這裡借用牆上的工具、Laser Cut、手動凸版印刷機等機器做 3D 打印。

書店資訊 | Bookstore Information

Book B

地址	九龍深水埗大南街 198 號地下（common room & co. 內）
電話	(852) 2865-6880
營業時間	每天 11:00-19:00
主要經營	本地及海外獨立出版品，文化、設計雜貨，自家獨立出版
開業年份	2015 年
網站	http://book-b.hk
臉書	www.facebook.com/bookbhk

"CINEMA
ETIQUETTE"

02 Kubrick

美藝自在，
社區中的多元文化空間

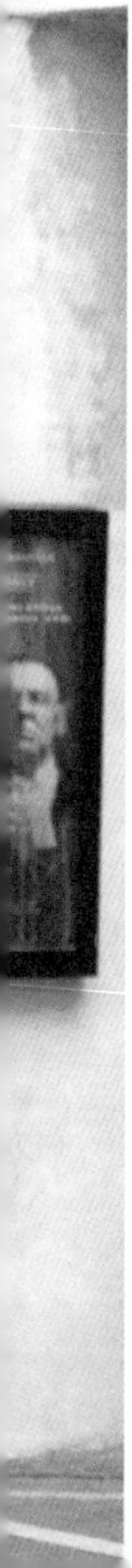

”我覺得不同地方的文學各有其特色，
反映那個地方正在發生甚麼事情。
無論文化、社會狀況、時事，
都是好看的。
我們不是要做到很大，
而是要將值得讓人看的書放出來，
這是小書店的特色。“

—— Kubrick 主理人譚麗雯 ｜ Amanda

Kubrick 主理人

譚麗雯 | Amanda | A

出生及成長於澳門，專修酒店、工商管理，二零零一年隨丈夫移居香港。早年從事酒店、飲食管理；居港後加入 Kubrick，學習做書的經營者，希望把書店築成文化匯集之地。

書店時光

融入生活的藝文空間

站在書店前，我想像著它是如何走過這十六年，逐步建構成為今日香港的文化地標。

現在於香港，任何一個對本地藝術創作與生活文化有點認識的人，大概也有到訪過位於油麻地駿發花園對面、毗鄰百老匯電影中心的 Kubrick，或專注看書，或等待看電影時逛一下書店，或在這裡喝咖啡、用餐。

我特別喜歡這裡平日午後的環境，陽光穿越店面的落地玻璃，任意流瀉在書本、桌椅和地板上，不同層次的金光，深淺明暗。只要你沉默下來側耳細聽，各種聲音在空氣中流轉，沖調飲品、杯碟碰撞、談笑風生、翻書揭頁，不像是二樓書店那樣寧靜拘謹，也不會是令人頭痛的喧嘩。咖啡香氣飄揚，令人也想喝一口。

有如它包容的聲音，多元、豐富，正好是這個空間的特點，提供書籍、電影、咖啡、文化藝術、出版、展覽講座、詩會、迷你劇場、音樂會等等。城市裡人與人之間需要一個空間，才好串連互動。在平台裡滋生與茁壯成長的創作多不勝數，也有很多人在這裡尋求靈感。即使你只在炎夏裡找個地方喘息乘涼，總算是打開了閱讀的第一扇門。如Amanda所說，這裡「是一種生活文化，令閱讀融入生活，不止是讀書人的事……有這樣的環境空間，他始終會進來閱讀，總好過他永遠不會推開一家書店的門口。」

01

01. 在大門的玻璃上寫詩，為書店營造了別致的意境。

02

選題獨到的閱讀經驗

一九九六年開幕的百老匯電影中心，戲院內放映非主流電影為主，開幕初期旁邊是百老匯餐廳及由電影文化人蒲鋒、林超榮和舒琪主理的 P.O.V.（Point of View）書店，藏書與影碟繁多，後來搬到灣仔，那時候已經有非常多的文藝界人士來訪。二零零零年時，原址開設小龍館，為演員歐錦棠營辦的李小龍展覽館。二零零一年，書店正式以美國導演 Stanley Kubrick 的姓氏命名開業，與電影中心同為安樂影片公司經營。

生於澳門的 Amanda 在 Kubrick 開業不足半年便加入成為掌駝人。即使在同一工作崗位上已這麼長時間，你仍然可以看到她的滿腔熱情、創新主意，與勤快驚人的行動力，她與

02. 書架本身是可移動的設計，可因應現場活動需要而調整空間。

03. 店內有專櫃擺賣農業、科普、動物議題書籍，也有售賣有機和公平貿易產品。

03

店員、夥伴的勤奮耕耘，將書店空間建築成創意義生的平台。

目前Kubrick的空間一分為二，或者應該說是書店與餐飲連成一體，書架列陣有致，藏書種類有文史哲、獨立出版、旅行、評論、室內和平面設計等等，還有幾個專門書區分出電影、導演研究、戲劇與劇本、攝影研究、攝影集。很久之前在這裡買到電影《Before Sunrise》及《Before Sunset》的劇本，在其他書店都找不到。

站久了，盤腿坐在圓形厚竹墊上歇腳，通過玻璃觀看路上的人，是另一種慵懶悠閒的閱讀經驗。

04. Café 的座位佔全店面積一半，而為免光顧餐飲的客人會弄污書籍，店員會叮囑讀者先付款才可把現場的書本拿進用餐區。

05

05. 餐飲位置有賣本地生產的啤酒、雪糕、蔬菜等等，關注食品安全與永續耕種等議題。

閱讀對話

問｜可以說一下二零零一年開店至現在的大事回顧嗎？

A｜實在是太長的故事了，或者我一邊說，你一邊看看這個。（Amanda 非常有心思，準備好一本為紀念開業十年而印製的書冊給我參閱。）二零零一年，好像是十一月底或十二月初開店，當時我還未進 Kubrick，我是二零零二年五月才進來。本來我也是會去油麻地百老匯電影中心（BC）看戲的人，開業時我也有來，當時我仍是澳門人。BC 比書店早五年開。這裡的前身也是家餐廳加書店，但並非完全打通，因為由不同的人經營，所以融合運作會有困難，便分成兩個門口。當年我進來時，一半位置之間有堵牆，一邊是餐廳，而一邊書店則是屬於舒琪的，叫P.O.V.。

由一九九六年到二零零零年，他們覺得做了好幾年，這裡始終是民居，營運一家餐廳的成本也很高，較難做生意，是時候轉變，餐廳決定不做了，不久後舒琪也把書店搬到灣仔（演藝），老闆便收回地方，租給小龍館。

當時的文化人都知道BC、P.O.V.；而Kubrick到現在都已做了十六年，年輕人、大學生、愛文化或電影的人都知道這裡。其實讀者是要培養的，待一群讀者老了的時候怎麼青黃相接呢？

問｜起初你進書店的工作身分是甚麼呢？

A｜當初進來是經理，自己對書店很有興趣，之前自己並不是做相關工作。我本身讀酒店管理、商業管理，在澳門有幾年在酒店工作，人事管理做了七年。當時這裡的經理離職，那女孩很後生，只有二十五、六歲，她在開業時很努力，花了很多心機，可能很大壓力吧。

Kubrick到現在都已做了十六年，年輕人、大學生、愛文化或電影的人都知道這裡。其實讀者是要培養的，待一群讀者老了的時候怎麼青黃相接呢？

我很喜歡看書、逛書店，丈夫也是，結婚後隨他來香港工作。做了人事管理七年，我想多看點不同的事物，當時我跟先生三十來歲，是個轉折位，想著不如去個旅行吧，於是去了將近一年旅行，去了歐洲，去了以色列、埃及，看了很多東西，當時是二零零零年，沒有工作假期簽證，只是去看、去感受，覺得世界很大，看到很多東西。通常我們去逛甚麼？書店、博物館和圖書館，也看古蹟、文物。其實當時我有想過讀博物館管理學、圖書館管理學，澳門有好多資助，也可以到外國讀，年輕時增廣見聞真的很重要。在澳門生活時工作雖然忙碌，但我仍會不斷去學習新東西，也因為不用付錢，例如去學做博物館導賞員，有三個月課程，由政府付錢。去讀法文、日文，甚麼也讀，覺得不要浪費自己的時間，想學更多東西，甚至連電腦編程我也學過，總之覺得放工後不要百無聊賴。機緣巧合下來到 Kubrick 做，便沒有再去讀書。

問—你有想過會做這麼久嗎？

A—我沒想這些，每做一件事情我會去想有沒有興趣才去做。

問—感覺上你很有自己的想法，常常會在這裡嘗試不同的東西？

A—Café 是很適合做表演的地方，如戲劇、一人一故事劇場，二零零二年這裡開始了藝術家駐場計劃，有 at17、89268，最初多由我去聯繫其他單位，慢慢地同事也加入參與，也給更多意見。不能完全由我一個人做完所有事情，每個人都有自己的性格。

我覺得詩是重要的文學，於是想起不如設一個書架放詩集，有外國的、本地的，客人來到看見很開心。詩實在應該要推廣，於是零三、四年開始，我們與一個手造詩集的女孩

06

06. 專門擺放詩歌的書架，旁邊的玻璃上寫著細意挑選出來的詩句。

Florence 舉辦詩會，每個月介紹一位詩人，公開朗讀其作品，反正咖啡店的客人坐下來沒甚麼事做，可以一邊聽，說不定會喜歡。這樣做下去，有次分享顧城的詩，一個大學女生 Polly 聽得投入，完場後大家聊天，很投契，於是她也加入，負責舉辦詩會的活動。

問 — 你真的應該出書，寫在這裡工作的故事呢！在這裡工作很開心吧？

A — 在這裡工作得很開心，最初「咖啡＋書店」在外國背包遊時我見過，覺得好棒，亞洲地區則較少，當年洪葉（一九九七年創辦至二零零四年結束）也不算是「咖啡＋書店」，只是有個角落讓你飲杯咖啡，而澳門有一間「邊度有書」。初來這裡見工已感覺很好，完全是自己喜歡的環境，覺得這裡可給人不少養

07

07. 從大門進店內，右方有一堵橫跨幾張桌子的牆身，長年供藝術家作展覽之用。

分，愛發白日夢的人大概都會夢想有朝一日希望自己可以擁有這樣的空間，慶幸當時真的聘請了我！我來這裡之前對書的工作經驗完全是零，見工時我說：「我覺得自己很有興趣，所以想來工作。」好像就是因為說了這樣的話便聘用了我，不過我也相信自己有能力，因為當時本身已有十一年工作經驗。

最初來 Kubrick，我覺得書店不必包括所有書，來這裡不夠三個月，我便跟上司提出縮減這裡的書，例如經濟、商業的，全部不要，下架之後，有三十多箱書，上司也說沒問題。當時快到暑假，我提議做「曬書」（即減價），我見店內有些手推車，便推出去「曬書」，這樣子都要幾年才賣完，慢慢將書店轉型，專賣文史哲書。

同事 Yvonne 於零四年入職，她本來在影碟店做店員，我知道她很喜歡看書，放工後經常會過來左望右望書架，於是我便聘請她做採購，負責選書，她挑的書種更加好、更加豐富，因為她專注去做這件事時，會去找很多資料。

問 — 最初只有你一個人負責也很辛苦吧？

A — 當然辛苦了，不過你在一個地方工作，前提是要喜愛那裡，不然不會做那麼多年，Yvonne 也做很久了。

> 閱讀重要的是，
> 不要單一地去想有甚麼利益，
> 為考個試拿張證書。
> 其實閱讀之後
> 會進到你身體裡的東西
> 是很多的。

問 — 其實一個人如何涉獵那麼多方面的知識？

A — 看你是否喜歡，當你喜歡便會主動尋找，直至成為專家。不用去讀哲學、歷史甚麼的，Yvonne 本身是讀翻譯，其實只要你對一件事有熱情和興趣，你便會主動去做。公司也給同事很大的自由度，各人也有自己的角色，知道怎樣營運好書店。

問 — 一直以來選書的理念是怎樣的？

A — 就是要讓人看到多些不同的東西。我和 Yvonne 會嘗試找些別家書店沒有的，有些書較冷門，我們自己去找回來，例如雜誌，Yvonne 會主動去找編輯或出版社，那可能是外國只有一、兩人經營的獨立出版。例如《Kinfolk》，最初其他書店都沒有賣，就只有我們這裡有賣。當然，做到某個時候，發覺開始氾濫（即是很多書店都有售），我們便去找其他。

問｜從你到 Yvonne，選書理念有變嗎？

A｜一直沒變，她試過入多了其他種類的書，好像是年代歷史那種，因為她想書店生意再好點，後來定期檢討時，覺得出了問題，於是再作調整，也很暢順。她也說想多入一些英文書，我覺得平衡比例便好。

問｜Kubrick 的上架分類是怎樣的？

A｜文學為主，分地區、國家，最初是分中英文、翻譯書，做了一年多後覺得要按地區分類，我覺得不同地方的文學各有其特色，反映那個地方正在發生甚麼事情。無論文化、社

08. 雜誌架種類豐富，日本、歐美、台灣等地的藝術、攝影和生活風格雜誌都有，很多設計人來這裡找靈感。

09. 你心中未必鎖定目標要買哪本書，而在隨意閒逛之下，說不定便會找到合心的一本。

09

會狀況、時事，都是好看的。我們不是要做到很大，而是要將值得讓人看的書放出來，這是小書店的特色。

問 — 為甚麼會將中英文書放在一起？

A — 因為我覺得香港人會接受。以我自己的閱讀習慣來說，其實我先生也是，看中文書時，又會想看英文版是怎樣的，或者未必看懂原著，原著可能是西班牙文，便會看英文。讀不同語言的書，得著也有不同。其實閱讀重要的是，不要單一地去想閱讀有甚麼利益，為考個試拿張證書。其實閱讀之後會進到你身體裡的東西是很多的。

問 — 可以說這裡有哪些暢銷書嗎？

A — 以前賣得最多是《誠品好讀》月刊，

每個月賣出一百本，其他大部分書都是賣幾本而已。其實我不管數字，除非老闆要交數。看書不要功利化，無論是去旅行或是看書，當你肯涉獵不同的東西，都是對自己有影響的。

問 — 從一開始你們便有做獨立出版嗎？

A — 有很多獨立出版的好書，為甚麼在其他書店沒有呢？很多人想在書店寄賣，但很多書店的運作不如我們這樣簡單，如有會計或找數狀況上的處理。我們的做法便是——你拿書來，我們看過合適，沒有問題，便可以寄賣。我們開始時做了一個獨立出版的書架，阿麥書房也有一個這樣子很出色的書架。

我們二零零三年開始做發行，當時還未正式做出版。那時候自己拖著載滿書的行李箱，去三聯寫字樓賣書。擔任發行的角色，就是拿了人家的書便有責任去賣，於是逐本逐本地去介紹。以前中華書局的經理郭先生經常來 Kubrick 喝咖啡，他覺得這裡的書放得好靚、選書很好，便問我書從哪裡來，我說我們有做發行，於是那時中華也有賣我們發行的書，後來他退休便沒有再賣。

至於出版方面，最初 Ryan（葉志偉）拿《突然獨身》第一冊來發行，三千多本書，幾個月便賣完，第二冊便是我們第一本出版的書。洽談出版時，我會看作者是否有熱情、有恆心，會否寫完一本書便停下來了，出版並不是滿足一己私慾的事情，而是對社會有持續貢獻，不單單是個人分享，持之以恆是很重要的事，出版的未必是鉅著，未必一紙風行暢銷，但繼續努力一定會有結果。

看書不要功利化，無論是去旅行或是看書，當你肯涉獵不同的東西，都是對自己有影響的。

10

10. 文學類書籍按作者和出版區域分類。

問—台灣很多獨立書店提出大型通路給連鎖、網絡書店較優惠的折扣，嚴重影響小書店的維生。我不是行內人不清楚，在香港有這樣的情況嗎？

A—業內應該要團結，書店、出版社、網絡書店，不要一出版便大減價，像德國或法國有定價法例。優惠折扣對香港書店的影響未算太大，不過博客來（台灣最大的網上書店）的網購折扣經營，對香港書店來說，都有一定程度的影響。

問—可否分享一下經營上的困難？

A—努力去做便行了。也試過突發出了狀況要應付。幾年前，有個政治敏感議題，事緣有位攝影師陳偉光曾在七一遊行時拍下了警察的照片，後來在這裡辦了個展覽，叫「警像」，

11

來看過的觀眾，有人拍照放上網分享，可是之後不斷有人打電話來出言威脅，甚至來戲院騷擾。我們在網絡上發表了對展覽的聲明後，人們或留言支持、或出言討伐，很多聲音。

這兩年最大的衝擊，並非處理工作上的問題，而是非言非語，令人情緒非常受困，很多網上攻擊。

問 — 你怎樣看香港人的閱讀風氣？

A — 我入行時人人都說香港是文化沙漠，其實放眼全世界也是這樣。我很少去比較，因為書店有個很重要的責任是培養讀者，培養閱讀的習慣。

問 — 有人說複合式經營下，閱讀本質會被其他元素如咖啡餐飲取代，你又覺得如何？

咖啡與書店，並非依賴哪個較好，而是一種生活文化，令閱讀融入生活。有這樣的環境空間，他始終會進來閱讀，總好過他永遠不會推開一家書店的門口。

11. Kubrick 不提供 WiFi 服務，希望人們專注閱讀。

A —對我來說不會，因為一開始我們便是這樣做。咖啡與書店，並非依賴哪個較好，而是一種生活文化，令閱讀融入生活。

有些人特別喜歡求知，但有些人不是，天生不是這樣便不要逼他。有這樣的環境空間，他始終會進來閱讀，總好過他永遠不會推開一家書店的門口。

書店資訊 | Bookstore Information

Kubrick・油麻地分店

地址	九龍油麻地眾坊街 3 號駿發花園 H2 地舖
電話	(852) 2384-8929
營業時間	每天 11:30-22:00
主要經營	販售書籍、雜誌，種類包括文史哲、電影、藝術、音樂、文化研究等，亦售賣環保、公平貿易產品，並設有獨立出版及發行部
開業年份	2001 年
網站	www.kubrick.com.hk
臉書	www.facebook.com/hkkubrick2001

FAN HO
PORTRAIT OF HONG KONG

03 MUSE Art & Books

藝·書·臺

恬靜淳美，
閱讀就在行住坐臥中

“

我覺得酒店是一個社區的客廳，
不能孤零零睡一覺便走，
而是跟社區有關係、責任，
所以應該反映社區的一部分，
或是城市變化、地方活動、人，
所以這裡叫做「臺」，
「臺」的意思是上面有當地的表演。

——MUSE Art & Books 主理人陳雲林｜Alen

MUSE Art & Books 主理人

陳雲林 ｜ Alen ｜ A

對於閱讀和藝術的熱愛，貫穿了陳雲林（Alen Chen）的生活。多年從事建築設計和藝術創作，Alen 經常穿梭世界各地，身邊最不可缺少的就是書本，而書店則是每個城市除了機場和酒店的必到之地。即使近十年電子閱讀技術飛越地迭代更新，Alen 還是對從小沉浸熟悉的印刷紙本情有獨鍾，喜歡那種從不打擾的安靜知性、卻能打開一扇扇的思緒大門。策劃和開發旅館品牌的工作令他幾乎長年以各地酒店為家，Alen 一直想把家裡的書房搬進酒店，「藝書臺」就是首個嘗試。這個在酒店地庫的書店與酒廊展廳結合的場所，是 Alen 的生活理念的空間化，讓旅人們在這裡歇息相遇，放飛情懷。「品讀生活、淺酌藝術」，Alen 說：「這裡才是我們的客廳。」

書店時光

酒店與書店的結合

旅行與閱讀，可說是天生一對。曾經在歐洲遊走的那段時間，每到一個地方，入住當地的青年旅館，幾乎都有書架。

遊歷過後，躺在陌生的床鋪上，一天裡起伏的情緒未及沉澱，會走到書架前，挑本書或雜誌繼續閱讀這個城市。

享受閱讀的旅人來到香港，身處熙來攘往的鬧市街頭，心情不免隨著頻率而躁動。

佇立街角的幕牆酒店建築，門旁一道樓梯帶到別有洞天的地庫，裡面是集書店、酒吧與畫廊於一身的複合式藝文空間「藝・書・臺」

01

02

03

01. 從招牌圖案可見，MUSE 空間集畫廊、餐飲、書店於一身。

02. 隱身在外形摩登的酒店建築中，不走近看還不知道這裡有家書店。

03. 書店設在酒店地庫。

（MUSE Art & Books），貼切地呼應著登臺酒店的藝術文創定位。

書店的誕生，源自創辦人陳雲林（Alen）和獨立出版社 MCCM Creations 陳麗珊（Mary）的偶遇。某次 Mary 來到開業不久的酒店地庫畫廊參觀一個展覽，赫然發現旁邊的一個書架陳列的藝文書中有數本是由她出版社推出的書，遂認識了正在畫廊策展的 Alen，兩人志趣相投，之後便合議策劃了這間獨特的書店。現時書店的日常經營，則由有多年書店工作經驗的鄭美雲（MayMay）負責。

靜心閱讀的棲息空間

熟悉香港二樓書店的朋友都知道，租金是地點考量的重要因素。唐樓單位租金每接近地面一層，便貴一級。而要進入 MUSE，則是由地面再往下走的探索。獨立入口在酒店大門前，面向街道，你甚至毋需進入酒店大堂。

整個空間寬闊，樓底高䠷，木頭書架和地板配合了櫃子內裝置的恰到好處的柔和燈光，剛好展現了書籍的裝幀與設計，也突顯選書者的別出心裁。即使平日甚少看書的人，來到這裡也會感到自己正處身一個「提高生活品味的閱讀空間」。

能夠將書本融入生活，是很多書店經營者的共同願望。店內一角是與佐敦、油麻地區相關的書籍，還有其他本地獨立出版的書刊，以至海外的設計書本。一直被視為旅行中暫時棲息的酒店，在忙碌的城市裡能有如此雅致的閱讀空間，令人覺得特別的難能可貴。香港，貴冠全球的租金不斷上漲，沒有政府補助，書業

04

的經營舉步維艱。

各家書店有著不同的經營條件、目標顧客群、理念與營運方式，相同的是，書本總帶有一種安撫思緒的力量。在這裡，更是個心情調整的場所。書店的環境實在太愜意，點杯飲料坐下來閱讀，晃到畫廊邊看看展覽，時間靜靜流消。

在MUSE打理書店日常事務的MayMay形容，愛書的人心境比較平和。無論你是在旅途中或正好住在附近，都可以到訪這裡沉澱思緒，舒緩心情。

04. 書架的高度大小適中，展示桌之間的通道亦寬闊。

閱讀對話

問 — 這個空間很舒服，可介紹一下嗎？

A — 這裡起初是個有酒吧的畫廊，配合酒店的社區生活定位，舉辦藝展活動。「藝・書・臺」，即是「藝術，書本，登臺」，其中「登臺」是酒店的名字，而有系統去經營書店，便需要更多的投入，大家遇上算是種緣分吧。

問 — 本來這裡只有一個書架嗎？

A — 本來這裡部分位置有書架，當然書架與書店不同。很多會所、休息室都有書架作裝飾，而營運書店就必須更多投放。其實愛書與經營書店是兩回事，目前書店規模還很精緻，有它的樂趣所在，能再擴充一下會更好。

05

05. MUSE Art & Books 的自我介紹。

06. 桌椅旁的架上排列了 MayMay 精心挑選的書籍，這幾本關於旅行、地理的著作，她說是當期的熱門好讀。

06

問—那麼你理想中書店的規模是？

A—最好到處都是書架，甚至整間酒店都是書，哈哈，這是愛書人的天堂！

話說回來，酒店既是居住場所，當然不可缺少書這個元素。「不可居無書」嘛。遇上MayMay很幸運，她在這行有多年經驗，還有Mary的出版社，這是個團隊的成就，單槍匹馬是非常困難的。

問—你一直也喜歡看建築類書籍、攝影集嗎？

A—以前看書愛看文字，而做建築、設計這行，視覺思考很重要。至於藝術方面，可以說是家庭薰陶吧，家父是個畫家，小時候未學寫字便先教我畫畫，要畫好畫先可以出門玩，一張畫比門口還大。

書對我來說是生活必需品。小時候經常看書，甚麼題材都看，還弄得斜視，甚至要動手術糾正。

問｜為甚麼那麼愛看書？

A｜閱讀的感覺就像在世界翱翔，十萬個為甚麼、四大古典小說，才上小學已全看完了。小時候多病，就沒有跟其他小朋友出去玩，多了許多時間看書，沒有人騷擾我。而看完了《三國演義》、《水滸傳》那些小說，我還會跟其他小朋友說故事，每次都圍了一大班 fans！

問｜你常逛書店嗎？

A｜讀書時常逛旺角二、三樓書店，看台灣書多，午餐時間會去，放學後也會去，逛到不捨得走，餓得受不了才回家吃飯。

逛二樓書店是樂趣，經營這裡則是整個生活、空間。書店不是主角、不是配角，而是一個平台。閱讀是故事，書本與作者是台上的演員，大家有溝通才成就一部作品，而每個作品都各有不同。你看完一本書，與別人看的感受會不同，與受眾/讀者有互動，一個作品才有其獨特的展現。

> 書店不是主角、不是配角，而是一個平台。閱讀是故事，書本與作者是台上的演員，大家有溝通才成就一部作品，而每個作品都各有不同。

07

07. 非常難得香港的酒店內設有書店，還搜羅了關於社區文化的出版品。

問｜MUSE 有多少本藏書？

A｜二千多本吧，主要是自己有興趣的書，或對生活有啟發的。視覺、設計、藝術的書較多。書本可以不只是文字，書只是呈現的模式，圖像可以說的內容更豐富。

酒店應該是一個社區的客廳，不僅僅是孤零零的一間臥室，而是與鄰里生活有關、負有社區責任，能反映生活文化，或是城市變化、地方活動、人文、藝術、創作等等的地方，所以這裡叫做「臺一」，也就是表演的平台。

譬如我們有個書架，上面都是關於佐敦區的書籍。這裡的書，由圍繞身邊發生的事，小至區內，大至地球上發生的事，都可找到。尤其鼓勵本地作者、藝術家視這裡為平台，發表他們的書籍及藝術品。

書店不是主角，而是平台，重點在於有人

參與，有人上台。我希望有共同理念、品味或興趣的人，能在此相聚一刻，包括作者、藝術家、讀者，可以擴闊網絡，在這個平台培養創作的花卉，這才有意義。我們會好好打理這個台，或施肥、或擴展，但花草樹木是自然生長的，如果純粹用商業計算，其實不容易，亦不恰當。我希望在這裡的書可以傳播出去，人們帶走這些書，也帶走當中的內容，這樣一本書才有意義。

問— 你們選書有甚麼準則？

M— 有時客人會介紹在哪裡看過一些特別

的獨立出版，自己會在外面看看遇上有趣的。上架分類主要是攝影、文化、生活風格、手作、藝術，還有一些印度、歐洲出版的書。

A— 希望書店可以生長，作者、出版社覺得這裡合適，便放書在這裡。設好了平台的土壤，細心照料下，希望書本自己能在這裡茁壯生長，不會流於商業化或太過實用性。

問— 來訪的客人反應如何？

M— 有些住在酒店的客人，知道這裡有間書店後很高興，經常走下來。像剛剛那位客人來過數次了，因為他在酒店住過幾次，來看書、喝咖啡，覺得很愜意。最開心的是，有些客人說這裡像自己的家，擺設像自家書架。好多客人也說想認識 Alen，因為好難得有人有心在酒店開書店。

08. 沒有傳統書店架上書愈多愈好的觀念，書本或橫躺、或豎立面向客人，讓封面得以呼吸，這做法正好適合店內售賣著重視覺效果的設計、藝術與攝影類書籍。

09. 讀者可在這裡找到別具個性的獨立出版刊物。

09

08

A 一這也要堅持，我在外地經常入住同一間酒店，就是因為喜歡的書店就在酒店旁邊。入住這裡的歐美客較多，對書店的反響也非常正面。

問 一你怎樣看待旅行與閱讀？

M 一去旅行時我很喜歡逛書店、博物館，自己本身是個比較安靜的人，在家裡喜歡寫字、畫畫、看書，十幾歲開始寫日記到現在。靜態的活動令人心境也舒服一點。我喜歡紙質、書籍設計，一本書的封面和質感舒服我便會喜歡，然後翻閱內容。

A 一閱讀是主動動作，去旅行和購物則是被動的。欣賞跟喜歡是兩回事，欣賞需要心力，而閱讀是起點。你一定要先主動去認識，才會喜歡。如果旅行是欣賞生活，譬如本身喜好飲

食，可以由閱讀餐單、食譜、食物發源地開始，才能欣賞食物。

問—經營上有壓力嗎？

A—當然有壓力。像是種花，見到枝葉茂盛、開花結果就是回報，如果這個平台得到大家的支持便好，賺錢不是一個目標。我覺得所有酒店都應該要有書店，大部分酒店都只注重住宿，休閒娛樂、餐飲、會議設施也有，但給人思考的空間還是少。

問—你怎樣看人們的閱讀習慣？

A—現在的世界，感覺上時間愈來愈少，內容愈來愈多，注意力愈來愈稀缺。幾年前在日本街頭見到一個流浪漢在公園坐下來，拿起書本閱讀，感到很震撼！

10

一個城市如果沒有書店，或者書店不夠個性，就反映不了城市生活真實的一面。

10. 書店、酒吧及畫廊共生，營造了一個複合式空間。

電子書的興起，讓紙本書不再主要承擔傳播信仰、法律、憲法等資訊的責任，而可以更知性，例如有些書講心得、見解、感受，紙本的個性更顯出來。等如汽車和單車，不能互相取代。

M — 電子書是方便的，實體書則是實在地有重量，若家裡的空間沒那麼多，便轉向電子書，兩者不算是競爭。

A — 在大型書店裡，書籍是商品，而在MUSE的，則是理念。咖啡店、髮廊、診所也有書，但那些書只是點綴的功用，書本存在的真正意義，是有人去閱讀，書店讓書本與讀者有緣分在一起。知音人遇到對的書，作者的心血才有回響，是否有金錢回報是另一回事，購買一件商品與生活有沒有得著是兩回事。如果這裡的生意很好，我希望是因為人們願意常來，由此得到生活靈感。

問 — **經營這裡，有甚麼事情讓你們感到最滿足？**

M — 書本的角色是傳遞知識，讓其他人知道作者為甚麼想要寫這本書。經營小店有它的好處，日日對著書本，更多是面對作者，看過內容，會知道他寫書的原因、感情，讀者來到便將故事說給他們聽。如果讀者最後買下那本書，想法應該跟作者相近，我便會很高興。

如果去大型書店，店員就只是幫你找貨品而已，並非溝通。小店的好是有溝通，有時開心的是互相有交流。我記得有個在博物館工作的朋友來到，談及書本如何保存得再好一點，這種交流很溫暖。受歡迎、較細本的書，讀者經常揭翻來看，會包封面作保護；有些專業、矜貴的書，最好是有封套，設計上可讓人易於拿起閱讀，就算不用職員幫忙也可以回復原狀，不會尷尬，我也容易收拾，我覺得這樣大家都會比較舒服。

Ⓐ—讀者來到看書，很喜歡，即使不買也很開心。讚賞和交流都令人鼓舞。

問—你認為書店在一個城市裡的存在意義是甚麼？

Ⓐ—我喜歡旅遊，去年探訪了三十多個城市，每到一個機場也會去看看那裡的書店，機場書店其實也代表著城市的性格，你可以很快看見來這裡的人喜歡看甚麼，或者這裡有甚麼特色要讓人看到。內地的機場常見關於地產、建築、商業管理、健康等書籍，這無關好壞，反映了城市的生機和志向、以及訪客的類型。

如果去大型書店，店員就只是幫你找貨品而已，並非溝通。小店的好是有溝通，有時開心的是互相有交流。

一個城市如果沒有書店，或者書店不夠個性，就反映不了城市生活真實的一面。人與人之間沒有真實的對話，便不是真正的感情交流，只是商業化、形式化的存在。

Ⓜ — 看書讓心境平和、社會和睦一點。有些人很小的事情也會投訴起哄、抱怨不滿，希望書本能令人們溫柔，閱讀讓人感覺靜心，所以我喜歡別人看書多於看手機。

多點看書，進行深刻的交流，不要單向地覺得自己的想法全對，多思考別人的想法也有可取之處。與讀者之間有交流，閱讀後有回應，這樣很美好。

書店資訊 | Bookstore Information

MUSE Art & Books 藝·書·臺

地址	九龍油麻地志和街 1 號登臺酒店地庫
電話	(852) 3953-2222
營業時間	每天 12:00-24:00
主要經營	藝廊、書店、酒吧複合文化空間，販售書籍、雜誌及獨立出版書刊，以設計質感優良及推動社區文化的書種為主
開業年份	2016 年
臉書	www.facebook.com/Muse-Art-Books-601870886685983

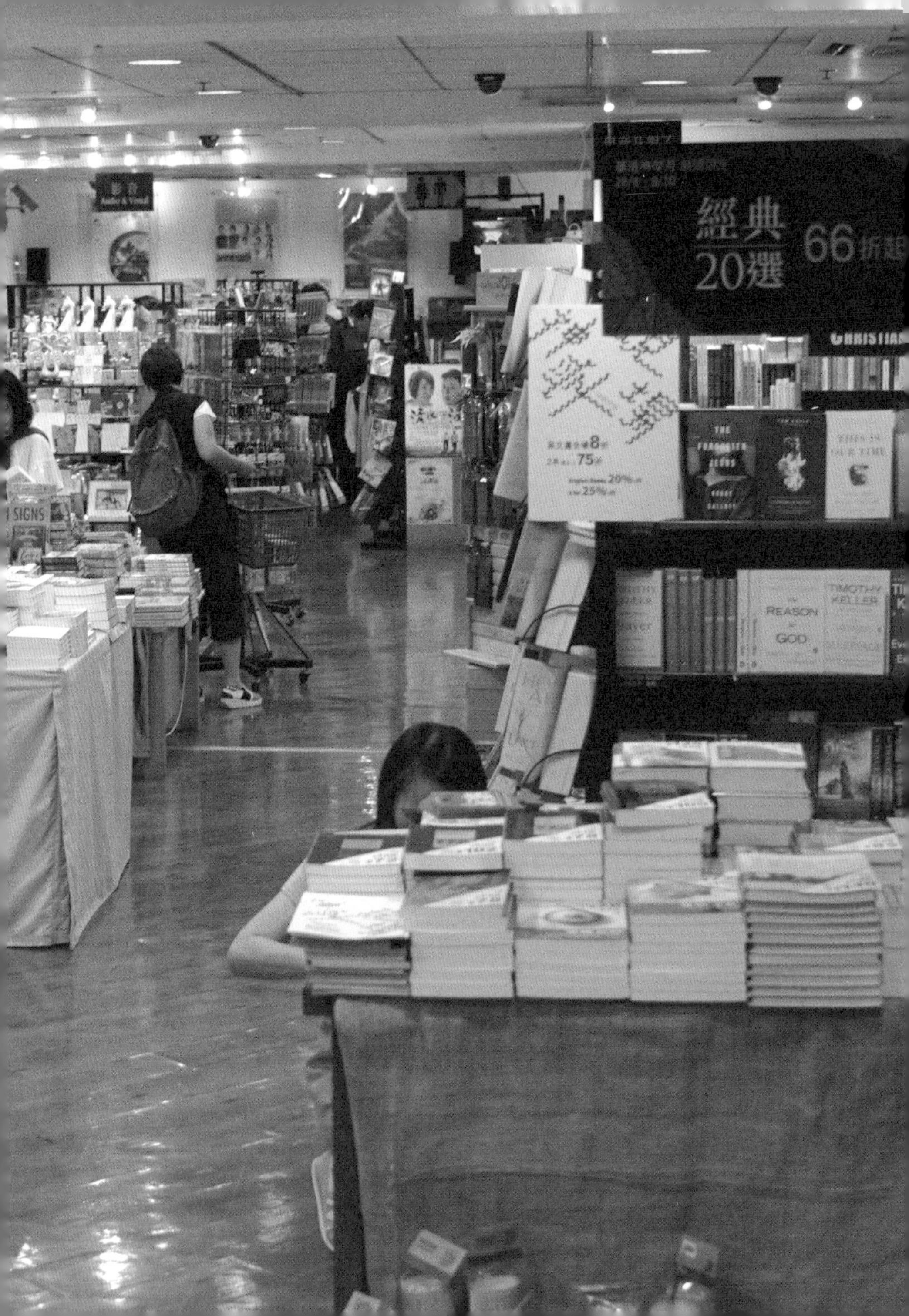
經典
20選
66折
SIGNS
TIMOTHY KELLER
REASON
GOD

04 基道書樓

深耕細作，
探討人心的永續生活需要

"希望書店是讀者生命的窗戶，
給讀者照見一個又一個世界。
書店更應該是人心靈安頓之所，
靈魂盼望的窗口。"

——基道出版及事工總監吳國雄 | Hyphen

基道出版及事工
總監

LOGO
BOOK-
HOUSE

吳國雄 | Hyphen |

早年攻讀設計，後於教會工作十多年，現為文字工作人，懂得的是那麼少，閒來亦只懂看看字看看戲看看英超。

書店時光

紙上深耕各類社會議題

起初認識吳國雄（Hyphen），源自一次有關本地獨立出版的訪談。偶爾在書店看見《近田得米：香港永續生活新煮意》這本書，當時農業發展在香港尚是小眾議題，作者透過走訪多個本地農場，記錄與探討了永續生活的發展。我有個習慣，看到有趣的書，總會翻到最後一頁版權頁，看看是哪家出版社如此有心力和視野。一看之下，認識了「印象文字」（InPress Books）。後來因為自己對獨立出版興趣甚濃，是故籌劃書寫了數個訪談，其中一位被訪者便是印象文字的主編Hyphen。*

01

01. 旺角基道書樓位於十樓，但仍有不少人專程前來，這可說是歸功於管理者不斷思考經營方針，回應也照顧了不同顧客的需要。

「我們的目標不是出書賣書，而是希望用文字激發思考，轉化生命，改變世界。」基道書樓早在二零零二年創立，然後二零一一年成立了印象文字，開始紙上深耕各類社會議題，出版類型涉獵多元文化與價值，即便是政策研究與同性戀等較為敏感的話題也有。

基道的獨立出版與發行定位非常清晰——作為基督教機構，同時是文字事工面向社會的出版平台。每年大約出版二十本書，說著城內受忽略卻與民生息息相關的議題，如教育法、農業、公共空間，他們甚至是出版公平貿易和消費議題的先行者。

*有興趣的讀者，可瀏覽：
「理念先行的出版事業：印象文字」訪談文章
https://goo.gl/FNMZH9

04

02

03

02. 03.　「親子兒童」及「心理輔導」皆為這裡的暢銷書類。

04.　英文書藏也十分豐富。

05.　藏書陳列有致。

06.　不同時期店裡會特設不同主題的書展和活動。

處於鬧區中的心靈綠洲

現時在旺角及銅鑼灣有兩家分店的基道書樓，不只售賣福音書籍，更作為自家出版及發行的銷售渠道。有很多質素良好卻難以在坊間書店銷售、或以較佳位置展示的書，都可以在這裡找到。當很多人滿足於閱讀手機資訊的時候，當你的腦袋空洞了、迷失了路時，探頭進書店裡，立刻感覺到被智慧包圍的力量，這是實體書店的空間氛圍予人們的意義。簡單如書本封面的陳列，精心設計的動線能牽起讀者的求知欲，引發原本未曾想像過的閱讀興趣。

旺角的書樓位於基督教大樓內高層，從喧囂的鬧區中走上去，空氣立刻沉寂寧靜下來，心情也隨之放鬆。三千餘呎的空間內，有一整列窗戶採納自然光線，令整個環境開揚舒適。

05

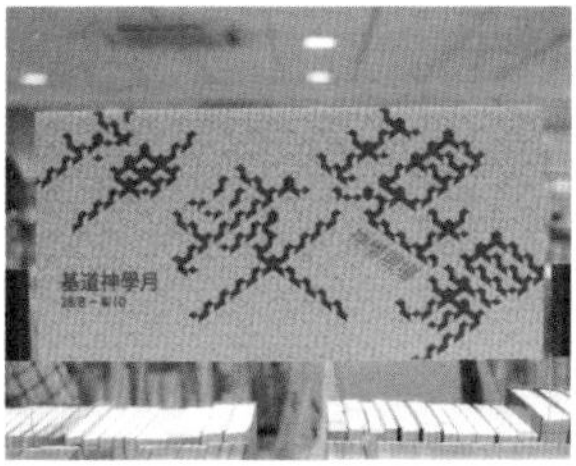

06

中間不定期設置設特別展覽，木書架上排列著心靈勵志、親子、英文各類書籍，也有福音精品、桌上遊戲及有機護膚品等。所有能走進書樓的產品，也回應了機構的理念。

Hyphen 不斷於工作中思考移動年代閱讀的範式轉移，以及實體書店的存在意義。與其慨嘆書業沒落，倒不如認清事實——「出版從來不是主流，不過是看你怎麼銷售。」這道理放諸很多所謂「夕陽行業」皆準，像獨立音樂、獨立電影。能夠摸索清楚自家商品的特色，發揚光大，讓更多有心人看見，這是獨立書店的經營之道。書店成為讀者與作者自然交流的場域，閱讀便走進生活之中。

07

閱讀對話

問 — 在香港，看來很少獨立書店同時設有出版部，能否說說基道是如何在這方面默默耕耘？

H — 若稍加留意，其實基督教獨立書店的生態都是這樣，有自己的出版，因為以往基督教出版社希望以文載道，有些事情想說，從宗教教義至生活話題都有。這現象在香港、台灣也很普遍，當然並非全部如此。現在出版、發行艱難，我們自己有做出版，也是其他香港、台灣一些出版社的發行商。我們本身主力做的宗教書店網絡較大，觸及不到的坊間書店，便會與其他發行商合作。台灣有些大書店自己也做發行，有自己的零售渠道。

我們發現，在書業艱難的情況下，若有一個比較完整的生態，這樣由自己出版的書，便起碼有個地方繼續銷售。現在最困難是，當書店回貨給你，退書只能存放於倉庫。書賣不好，一直存倉，那怎麼處理呢？我們有出版、發行、門市整個通路，一本書的壽命便可以維持長久一點。加上最近幾年開始，我們營辦網上商店，書藏也有逾二萬本，主力做基督教及書店賣過的書。全球書店愈來愈少，有些身在外地的華人想買我們的書卻買不到，網店便能幫忙。其實本地也有不少讀者會光顧網店。

早期我們的機構接洽很多書籍製作設計的工作，後來自家出版多了，也有香港人熟悉的自資出版。於是整個賣書的生態鏈得以拉闊：「自資出版、自家出版⇓發行⇓書店⇓網店」。書業是艱難的，於是我們將業務不斷拉闊擴

07. 特別喜歡店員身穿的工作圍裙，方便實用，款式和色調也樸素耐看。

08. 店員態度非常親切，隨時解答顧客的查詢。

08

充，可能從前做三項事情，現在五項吧。因為租金昂貴、通路萎縮，銷售量也不斷下降，譬如一本書以前印量二、三千，現在賣不到這個數字，便要出版三本書，每本賣一千。有些書可以長銷，有些不可以，便接別的出版或設計案子，增潤收入。當生態鏈中每一部分也是獨力去做，其實很辛苦，而若缺乏任何一環，我們發現做下去會很困難。

問｜**你寫過不少文章談及書店經營理念，然而浪漫背後實戰經驗與環境，又如何？**

H｜書店位處教會大樓內，有它的好處。若是商場舖，最惡劣的情況是加租被逼遷，如果商場管理不想要書店，便會加租將你趕走，莫說連鎖書店，連麥當勞也做不下去吧。地點非常重要，我們這裡便相對較穩定。

問｜**那麼你們的出版、發行業務，是何時開始？**

H｜從一開始就有了。其實為甚麼書店或出版社也會自己做發行呢？你見很多出版社像牛津、天窗也是，因為利潤會較好，將書交給發行商，會製造一定成本。怎樣能做一個成功的發行商呢？書目要夠多，若我手上只有五十本，怎麼足夠？當年我們開始做發行，手上要有充足貨源，才能每星期穩定供貨。此外，我們也聯絡了香港、外國一些相熟的出版社合作，他們沒機會自己發行，那我們便為他們批發代理。

問｜**那倉存怎麼處理呢？**

H｜我們在火炭有個倉庫，當然租金上漲是必然事實，所以得小心考慮印量、進貨量。

09

09. 店內一隅有售「舊版」及「次品」書本，但標榜「非陳舊」，而且「依然美好」。

問— 其實每本書大概進多少本？

H — 兩個層次吧，最基本是話題銷售，有些書可能不是暢銷書種，而我們是綜合書店，若採購同事認為某些書對讀者有價值，便會保存在書店。譬如有些書一年只賣幾本，但也盡量留起。不過現在網絡資訊接收容易，若你來書店找不到某本書，可以訂購，下個星期便會來貨。

問— 所以每本書訂貨量的差異也很大？

H — 有一定的差異，我們這裡每本書存量也不算多，二十本已算多。其實這邊有頗多非基督教書籍，譬如早前人們關注 ISIS，出版了很多關於伊斯蘭世界的書。

問—那麼是你們主動去了解讀者的喜惡，還是客人前來詢問相關議題的書籍而影響入書？

H—是一種互動。出版社最敏感，譬如最近多人想認識中東文化，便出版相關書籍。

問—我很好奇，為甚麼可以那麼快出版一本書？寫書也不是一朝一夕的事。

H—一是舊書重新包裝，二是翻譯出版，在台灣出版的翻譯書其實速度非常快，譬如美國的暢銷作家出書，有意推出中文翻譯版的出版社便會寫好計劃書下標，一切可能在還未出版英文原著時已決定好。其實這很視乎出版人的視野，有些編輯真的很出色，有國際視野，緊貼北美或歐洲的暢銷書榜。

若從書店的角度來說，出版社有新書便會

告訴我們，我們也會抱著試試看的心態進貨。但並非所有暢銷書放在不同書店也合適，譬如序言書室有它的特點，Kubrick也有，我們賣藝術類書籍不行，但試過賣關於本地設計的書又可以。

問—這裡比較暢銷的是親子教育類嗎？

H—主要是心靈勵志類，也不一定與基督教相關。

我們的選書，希望可提出更深入的問題，帶批判思維，不一定很艱澀難明，但著重話題較深層次。

10. 除書本外，書樓內部分空間規劃陳列各類生活精品。

10

問｜那麼選書還有甚麼其他考量因素？

H｜一般書店都有的生活類、兒童圖書、英文教科書等，這跟出版理念有關連，我們出版的書籍比較側重批判性，比方說親子教育書籍，也不一定是父母教小朋友，反而是子女教父母，我們便會出版一本翻譯書，名為《孩子如何栽培父母》（How Children Raise Parents）。我們的選書，希望可提出更深入的問題，帶批判思維，不一定很艱澀難明，但著重話題較深層次。我們不會只看市場反應，始終這裡是主題書店，我們有機構理念，比較像社會企業，希望帶來 social impact（正面社會影響）。

作為一家基督教書店，總有人想法比較保守，也有人比較開明，我們覺得總要去試試看，不能說不知道便當成沒事發生。當談及性別議題及政治，一個光譜上甚麼人也有，我們會盡量選取深入描繪、拿捏準確的書籍，可能每本書各自代表不同光譜界別的想法，但只要說得好，是個好的論述，我們便希望放在書店。

所以書籍陳列可以很有趣，譬如一本論調比較保守，旁邊卻可能是相對自由開放的，像是一本共和黨、一本民主黨。正正回應我們的理念——開人的眼睛，拉闊視野。面對不同立場的人，我不會貿貿然同意某方面，書店是個很好的平台，只要你的著作有優秀的論述，便可以在這裡呈現。有時這樣會被人斥責沒有立場，會聽到不同的批評聲音。不過我覺得，人們上來書店時各抱著不同的想法，有機會接觸與本身想法不一樣的討論，這才有意思。

人們上來書店時各抱著不同的想法，有機會接觸與本身想法不一樣的討論，這才有意思。

11

11. 多元觀點是選書及陳列的重要方向，不會因為作者的某個立場而拒絕銷售書本。

12. 獨立出版刊物。

12

問－那麼你覺得，基道書樓在推廣閱讀的大使命下，這些年來做到甚麼？又正在為甚麼而努力？

H－即使是信仰書籍，我們也希望出版具批判思考、深層次的。如我上次跟你見面時所說，從事書業這件事情對我來說，莫說現在，即使十年、二十年、三十年前，也不是主流。我從來不覺得，做書店和出版是容易的事。年輕時我也笑說，倘若有朝一日能夠開間書店便太好了，但我知道自己一定會餓死。甚至跟朋友開玩笑，如果你想別人破產，便叫他開書店、出版社或報館吧。書業從來不容易，賬目從來是棘手的。若能夠出版一本受歡迎、可引起人們注意某個社會議題的書，那種快樂是不言而喻的。不過石沉大海，沒有人回應，也是意料之內。

我覺得對一個讀者來說，當他推門進來的時候，空間其實很重要。像右面一整排窗戶，很多人問：「怎麼浪費這樣多的位置，不拿來做書架？」我們則覺得，那排窗戶對香港人來說特別重要，因為是自然光，我們實在已很難去到書店能看見自然光。這裡也有椅子、沙發，以前很少書店會有椅子，而這裡十多年來都保留座位。讀者可以舒服看書，隨意逛逛，是個放鬆休息的地方。空間開闊，同時提供不同的書種，人的心靈也會開闊一點。

問｜你們大約每年出版多少本書？

H｜一年出版約二十本書，從成立到現在這十年來也是大約這個數目，一直都是穩定進行。現在資訊這麼多，我們都覺得要專注於質素，慢慢去做好。經營書店並非炒樓，我們

不是要去做一件賺大錢的事情，而是要專注做好。客人上來一次，他會否來第二次？空間、音樂、貨品，讀者是否能夠滿足？出版也是一樣，一本一本慢慢去做，也沒想要做到甚麼成果。開始有人認識、介紹，那是好事，但我們不是想要製造哄動全城的東西，不說漂亮的話，只做漂亮的事。漂亮的意思是，出版了一本書，有讀者認為能幫到他，不好的便改進，一步一步去做。對我來說，做書店不要把自己看得太清高，也不要貶低自己覺得很沒用。做自己喜歡的事，對社會和身邊的人有貢獻，我覺得已經很足夠，心態要平衡一點。

問｜剛才你說二十本這個數字，是否平衡質量與數量的結果？

13

14

13. 在大白天裡，一整列窗戶能引進溫暖明亮的自然光線；到夜幕低垂，可遠看萬家燈火的閃爍景致。

14. 為了讓讀者有舒適的閱讀體驗，書樓一直闢出空間放置椅子和沙發，讓人閱讀時可放鬆心情。

做書店不要把自己看得太清高，
也不要貶低自己覺得很沒用。
做自己喜歡的事，
對社會和身邊的人有貢獻，
我覺得已經很足夠，
心態要平衡一點。

H— 其實沒想那麼仔細，只是資源剛好配合。不過現在人少了，也是做二十本，可以說是比以前高效益，當然書店銷售額也提高了。說這些都是商業考慮，現在書業是艱難的，唯一只能提高工作效率，而隨著科技發達，這也變得更可行，譬如預覽封面設計可以利用Whatsapp。難得的是過去二十年來，書店營業額一直都有增長。

問— 自家出版的銷量又如何？

H— 自家出版反而銷量下跌了，可能因為話題較深澀，特別是去年開始，我們也有出版教科書類，不過銷量不太理想。幸好書店可以用不同貨種及書種去補充，勉強維持。我們便要不斷問，成本上升的同時要怎麼維持營業？所以二十本這個數字是否計劃出來的，也不算是，反而是自然而然的結果。

問— 剛才你提到專注去做書店，在出版及發行上也抱同樣信念嗎？

H— 我不斷去為同事洗腦，因為我們機構的名字其實很有趣，叫做「基道文字事工」，即專注於文字相關的工作，其他事情都不太懂得做。我們一直在說推動思考、閱讀，開闊人的眼睛，培育心靈，全都是圍繞文字。

15

15. 店內附設唱片影碟部，不時看見小朋友和大人看看書，又聽聽音樂，真正是樂在其中。

現實與理想永遠是一場辯證，我想做有理想、有意思的事，但與現實生活的壓力永遠有個張力。我覺得要專注，因為你永遠被市場拉著走，會成為被動者，而一直跟著市場走，走得愈來愈快，便很容易迷失自己。特別是文字工作者，在這個資訊變化萬千的時代根本無法跟上，只能做回自己。現在所有資訊透明，你不能壟斷市場，譬如以前人們很難買到外國書，只能在某些地方買到，現在不一樣了，博客來、Amazon 甚麼都有。唯一只能做回自己，找到合適的定位，努力做自己擅長的事，慢慢深耕細作，便會找到你的市場。

書店的空間可以辦課程、賣其他商品，但我總會問自己：「書賣好了嗎？是否已經以最好的方法陳列書籍呢？選書進貨夠仔細準確了嗎？銷售和客戶服務做好了嗎？」如果發現自

15

16

15. 這裡也有各式文具用品，也引入了桌遊。原來書樓本身的客群多來自教會、學校等社團，師長往往需要負責帶領群體活動，而桌遊便正好符合他們的需要。

16. 店內的商品都經過精挑細選，全部以為客人帶來生活意義與價值為主，如有機護膚品。

己距離專業還有一段路，其實不用緊張，因為這是說自己還有進步的空間。所以我經常跟同事說，每次發現自己有做得不好的地方，其實是值得高興的，可以繼續做得更專業。

問—書店的定位是否不斷在摸索當中？

H—其實一切都在不斷變化中，有些事情我們想了很久，譬如可否做咖啡店？十五年前我們也有 coffee corner，零售機那種，不過最後還是告吹，因為以前還未流行飲咖啡，而我們對咖啡的認識也不夠專業。而最近的新嘗試，便是與考古團體合作做導賞，看古老羊皮紙聖經，這是以前沒有的。其實書店、出版、發行、零售模式也不斷在變。

問｜當外在環境不斷變動，是怎麼堅持當初的理念？

H｜是很辛苦的。世界一直在變，特別是這幾年，我不知道年青一代怎麼看，我們也適應不了，整個社會的氛圍，你沒想過會變成如此。在這五、六年間，有很多價值觀和事情都不斷在變。譬如租金，沒人想過成本會升得這麼快。只能跟自己說，要更快適應這種快速的變化。雖然我經常跟別人說，你不要講下年的事情，我連下星期會怎樣也不知道。但其實我們的出版計劃已籌劃到明年，說別提下星期會怎樣的同時，其實同時要思考長遠的計劃。那就是說，其實不能害怕變化，外在環境變遷，內裡核心要更加清晰。

書店資訊｜Bookstore Information

基道書樓・旺角店

地址	九龍旺角弼街 56 號基督教大樓 10 樓
電話	(852) 2396-3528
營業時間	週一至六 10:00-21:00 週日及公眾假期 12:00-19:00
主要經營	銷售宗教及坊間常見書種，中英文新書及小量二手圖書、福音精品、影音光碟及桌遊等
開業年份	2002 年
網站	http://www.logos.com.hk
臉書	https://www.facebook.com/LogosBookHouse

英文書
繪本
孩子
輕鬆有趣的性教育
小熊學校
建築工程
大集合
WOW!!
恐龍來了
路邊的小花
Guji-Guji
沒毛雞

05 有為繪本館

童真未泯，以童心看人生

”要推廣閱讀的話，先從小朋友著手，由小到大連繫起來。很多人現在不看書，可能因為小時候沒有培養。“

——有為繪本館副店長黃國軒

有為繪本館
副店長

黃國軒 | 黃

有為繪本館副店長、有為書店出版社企劃編輯，曾編《字裏風景：馮珍今散文集》。香港中文大學中文系碩士畢業，曾任教師。立志成為文字工作者而轉職。喜歡書寫，現為報紙專欄撰稿，文學評論、故事小說散見於文學雜誌、網站專頁。

沉迷文學、童書、繪本。二零零九年創辦「火苗文學工作室」，召集讀書會、創作會，致力推動閱讀及寫作文化。

「火苗文學工作室」臉書：
www.facebook.com/flamesdream/

書店時光

啟發孩子思考的繪本世界

眼前幾十雙小眼睛，全神貫注等待著我打開圖書，進入森林裡窺探未知險境。

當然我並非探險家，現場也只是小朋友坐在地墊上，聽我和同伴說故事。在我的工作裡，每星期有十節課「說書」（Storytelling），跟學生共讀故事，這大概是我最享受的課堂了。

所謂「說書」，好像與從前中國百姓喜歡在樹下蔭涼的地方聽故事的習俗有關。第一次聽到這個中文字眼，來自某年到台灣苗栗的志工體驗，到圖書館裡跟小朋友共讀繪本。不論

01

01. 來，進入「有為繪本館」，一起尋回童心與童真！

02. 從書架選一本圖書，坐在小沙發上打書釘，輕鬆愜意。

03. 有為書店自家出版的繪本。

04. 來店的人，以小孩、家長和教育工作者為主。

02

04

03

國籍、膚色，小孩子總愛聽故事，眼睛睜得圓滾，耳朵豎起，深怕漏下一個字沒聽好。

每個小朋友都有自己對故事的詮釋，與他們共讀一本圖書時，其實不止於說故事，也可以觀察小孩子的反應。沒有設計好的說話節奏，反而引發他們參與其中，發問、回應，想像天馬行空。

療癒大人心靈的繪本良藥

一般成年人讀繪本，可能翻頁很快，大約知道故事內容便合上書本。小朋友的話，會重複閱讀某個喜愛的章節，當某個角色多次出現在繪本裡的不同角落，小孩子都會把他一一找出來。是成長讓人失了去閱讀細節的能力嗎？還是我們習慣了做任何事情只講求結果？在繪

本世界裡，每看一遍圖畫與文字，過程中都可以有新的解讀。

那麼繪本對大人是毫無意義嗎？至少對我來說不是。小時候看過一本名為《花格子艾瑪》的繪本，裡面說一頭身體上滿是色彩繽紛格子的大象，甚麼顏色都有，就是沒有大象的灰色。當時沒有為意，後來突然在某個時間點上「叮」一聲，想通了，人生就像艾瑪一樣，得接受自己的不完美，也學會欣賞和自己不一樣的人。

我總好奇，在繪本店裡，除了小朋友、家長和教育工作者，還會遇上怎樣的成年客人。於是我問有為繪本館副店長黃國軒，有沒有令他印象深刻的客人？

「記得有一個女的，她在這裡看書看了良久，一直徘徊在『親情家庭』的書架前面。一個人，很安靜的，短頭髮，戴著眼鏡。那時整

05. 藏書量豐富，分類非常清晰，無論大人或小孩來到，都可各取所需。

05

家店只有她一個，非常寧靜，她看了大約半個小時後，走來問我，關於離婚的繪本是否只有那幾本？我立即想一想……卻又一時之間回應不了。從她挑的書、提的問題，這些細微的行為，似乎讓我明白了她的某種心事。」

「她應該是想找到合適的繪本，跟小朋友一起看，告訴孩子即將要跟爸爸分開。她要處理這件事情，所以想挑相關的書。就是這些細微的事情，能夠觸動我的心靈。」黃國軒說自己一直有在《星島日報》寫專欄，分享書店工作的動人片段。就是這些從繪本與書店經營裡感受到的細膩，觸動著我內心最柔軟的一塊。

06

閱讀對話

問－最初是怎樣開始建立繪本館？

黃－我本來做老師，辭職後找工作，輾轉認識黃茂林（教協有為圖書坊經理），他和王敏（紫羅蘭書局負責人）一直有經營書店，非常有經驗。二零一三年教協有為圖書坊開業，我在那邊做了約兩年，然後調過來繪本館，兼顧兩邊的工作，一邊是打理店面，另一邊是處理辦公室訂單、出版事務，所以我是繪本館的副店長，也是有為書坊的編輯。兩邊服務不同對象。

而有為書店會在旗下開設繪本館，是因為看見近幾年香港對繪本的需求大了很多，無論是媒體、家長、老師，甚至是學院教育也是，會培訓準幼兒園老師將來如何利用繪本教小朋友，於是繪本有更多人研讀。我們開業，也是順應大環境。

問—這裡籌備了多久才開店？

黃—硬件來說，這裡本來是髮廊，我們沿用以前的燈、冷氣，清理完場地，安裝上書架，便大致完成。幕後準備來說，我們要訂書，這挺花工夫，當時我用了整個月來處理繪本的資料。因為繪本有很久的歷史，我們希望別人來查詢時，資料庫也會有，能夠訂回來的我們都盡量訂，希望建立了一個比較齊全、豐富的口碑。

問—其實我不太熟悉，華文繪本在香港有哪幾家出版社？

08

07

06. 有為繪本館採購了大量繪本讀物，供大小朋友選擇。

07. 08. 黃國軒負責書店的日常管理外，也有兼任獨立出版的工作，這是其中兩本自家出版的書籍。

黃—其實比較少，不過最近開始活躍了，例如新雅，主要出版兒童圖書，精裝繪本在這幾年開始見多出了，以前多是插圖讀物，沒有太多嚴格意義上的繪本。

其實選書方面，我們比較多從台灣入貨，因為書種較豐富，香港出版的好處是本地化，如有些繪本教小朋友怎麼搭本地某種交通工具，台灣書便做不到。

問—那麼繪本的定義是甚麼？

黃—其實也很難定義，有些插圖故事我們不會叫做繪本，因為那些圖畫純粹是裝飾功能。繪本的圖畫有說故事的功能，單從圖畫可以發現一些事情，你看見有些圖畫本身，便想到其中有故事、象徵、伏線，作者對圖畫的經營比較細緻，並非單純是《三隻小豬》的插畫，有隻小豬畫在文字旁邊。繪本裡的圖畫本身，也能解讀出故事。

問—你會考慮哪些因素決定入書？

黃—第一是齊全度，因為要讓人有選擇，我們也不希望自己作了判斷來幫人挑選書籍，其實應該是讀者找到自己的需要，每個人的需求都不同。第二，有些書籍我們入貨較多，會因應主題推介給讀者，例如生命教育、品德教養等。另外是畫風，不同類型的畫風我們也有，傾向日本畫風的繪本較容易讓香港人接受。

問—可否介紹一下這裡的陳設和理念？

黃—在這裡，我們安裝書架時的想法是陪小朋友成長，所以先鋪陳「學前教育」及「遊戲書」，然後是兩、三歲孩子看的繪本，這一

09

09. 這裡的書架分類照顧了不同客人的需求。

繪本的圖畫有說故事的功能，單從圖畫可以發現一些事情，你看見有些圖畫本身，便想到其中有故事、象徵、伏線，作者對圖畫的經營比較細緻。

系列的區域適合幼兒園到初小程度。到高小，有「橋樑書」（即以文字為主，圖畫為輔的童書，接引孩子從繪本轉到文字書的閱讀）和「兒童文學」，這類是高小至初中也適合閱讀。

說起來有趣，剛才有位家長第一次上來，她很喜歡這裡，因為她有兩個小朋友，一個讀幼兒園，一個是高小，兩個也能在這裡找到需要的書。

按題材分類來說，有兩種很重要，譬如生

活自理，如何刷牙洗臉那些，另一種是親情，主要講爸爸媽媽的愛；此外，還有人際社交，即是有關人際關係、相處、友誼、分享，也有自我認同、情緒教育，這些選題對現今社會很重要，因為小朋友很容易發脾氣；另也有品德教養、生命關懷，也有性教育、生死教育、環保這些主題。

上架有兩種方法，一種是按主題，另一種是按地域名家，地域如中台、日韓、歐美，名家是較有名氣的作者，較多讀者會知道。這樣的分類法讓人較易找到各自所需的繪本，譬如最近熱門的工藤紀子，客人按地域名家來找會比較容易。這個分類方法是我自己想出來的，有好也有不好。新客人多是按主題來找書，而已有看繪本習慣的則會追蹤作者。我們盡量不入考試工具書、教寫作技巧的書，這類書在我們這店需求不大。英文書架則包含不同年齡層的書，始終這裡的書以華文為主。

不同行業的客人都會來，有社工、學美術的，其實大人也能在繪本中找到一些得著。

問｜可否分享一下你逛書店的經驗？

黃｜我很喜歡逛書店，現在放工也會逛。中四、五開始看課外書，中四入文科，修文學，當時一位老師介紹了旺角一家在十一樓很有名的文星書店，有便宜的簡體文史哲書，對學生時代來說很重要。後來慢慢開始負擔得來，便會買台灣書、貴一點的書，逛書店街的其他書店，油麻地中華也有去。到了大學時期，有段日子喜歡逛二手書店，例如精神、森記、神州、新亞。二手書店有種趣味性，你會遇到從沒想過的書，一出現便有一種撞擊感。

10

11

10. 11. 近年有年輕人受負面情緒困擾而輕生的個案數字上升，有關「情緒管理」及「生死教育」的繪本，或許能幫助人們排解內心的紛擾。

要推廣閱讀的話，先從小朋友著手，由小到大連繫起來。很多人現在不看書，可能因為小時候沒有培養。

問 — 你有自己的專欄和社交網站專頁，其中分享很多兒童文學的見解和知識，那你本身讀書時有研究過兒童文學嗎？

黃 — 沒有，我讀中文系出身，對閱讀與文學有興趣，私下會辦讀書會，將興趣延伸。我喜歡古典和當代文學，但若一直談文學會嚇怕別人，所以要推廣閱讀的話，先從小朋友著手，由小到大連繫起來。很多人現在不看書，可能因為小時候沒有培養。我的理念是，由繪本、親子教育開始，到橋樑書，慢慢爸爸媽媽的角色開始淡出，小朋友便能夠培養自己的閱讀能力。在這個位置打好根基的話，將來長大了對閱讀的興趣會大點，也不會被讀書考試嚇怕了，會找到自己想讀的東西，讓閱讀與生活連結起來。

問 — 你在這裡工作已兩年，覺得小朋友真的不閱讀嗎？

黃 — 其實不是，關鍵是興趣！爸爸媽媽不能完全控制小朋友看甚麼，有些時候需要放手讓他們自行選擇，我想是平衡吧，這也是教育最大的難題。老師、父母有自己的見識或想小朋友接觸的方向，但這未必是小朋友的興趣，是個兩難。有些書看似無聊，但讓小朋友看看，搞笑也開心。

很多時我們忽略了趣味對兒童的重要性，趣味對小朋友真的很重要，不一定要急於當下認識某些字，要學懂甚麼，長遠來說，由趣味而起的閱讀才能夠啓發小朋友。

例如有些小朋友很喜歡看屁股甚麼的，那便可以找著趣味點從那裡開始延伸引發閱讀。有一本熱門的《哇！屁股》，你看封面覺得很

12

13

12. 一本讓大人重拾童心、會心微笑的繪本故事。

13. 中間的高身書架展示了最新或熱門的繪本。

無聊，但內容很幽默地說明了生理知識。至少有樣東西會令小朋友翻開書本，到他長大了覺得那些東西無聊，便會想追求更多。如果你一開始就給他沒興趣的東西看，他便不會再想看書了。

問—還有其他類似的故事嗎？我的學生應該很喜歡。

黃—有很多，另有兩本叫《便便》、《屁屁偵探》，橋樑書也有一本《屁屁超人》。富趣味與搞怪、幽默的也有很多，當然也有溫馨、冒險、奇幻那些。

問—剛才談到童書對小朋友的價值，那對大人的意義又是甚麼？

黃——上來的客人基本上對繪本都有興趣，像我自己也很喜歡。為甚麼我喜歡看繪本呢？第一是趣味，譬如工藤紀子的《野貓軍團》，很有幽默感，令人會心微笑，好像突然喚醒你的童心，大人工作久了營營役役便對生活麻木了，看繪本可以令人提起精神，突然快樂起來。

即使繪本所說的內容是不開心的事，這也有助你去舒緩。近年可能因為多了小朋友自殺的個案，關於死亡、生死教育的繪本有很多學校採用，也有些繪本談及家人離世、如何處理傷痛，另有些鼓勵學生怎麼在逆境中振作，頗受老師歡迎。總之，閱讀繪本，在你經歷不愉快的事情時，能為你洗滌心靈。

問——其實並非每本繪本也有幸福快樂的結局吧？

大人工作久了營營役役，便對生活麻木了，看繪本可以令人提起精神，突然快樂起來。

15

14. 大人愈是覺得無聊不想讓小孩子看的東西，他們愈是想看！倒不如放下大人的眼光，跟著繪本用幽默搞笑的角度，與孩子一起認識、了解排泄物是甚麼東西。

15. 繪本以圖像引發孩子自主閱讀，是最美好又有效的教育方式。

黃—對呀，有些是沒有固定結果、有些是傷心的，但能啟發你去反思，或去處理負面的情緒，其實太盲目的正向並非好事，因為人有不同的情感，你看不開心的東西自然會不開心，如果你反而很開心便很奇怪。總之，繪本其實很多元、豐富。

問—**你最喜歡哪類繪本？**

黃—當然是搞怪幽默的，不過不同時期會喜歡不同類型。最近我嫲嫲入了醫院，有本繪本我看到差不多要哭出來。（他到遠處書架拿來一本《可以哭，但不要太傷心》）

看完繪本有感受，發自內心的，或者也可以說自己與這繪本有緣分。

16

16. 閒時隨緣挑讀繪本，也許你便能從中找到一種單純的幸福感。

問—你觀察到客人對這裡的反應如何？

黃—我很鼓勵人們來這裡打書釘。小朋友在這裡不玩手機，真的會看書！這就是圖畫吸引人的地方，見到有趣的會拿起，可引起閱讀。

問—那你覺得城市為甚麼需要兒童繪本書店？

黃—硬性需求來說，我們發現很多人網購童書，於是繪本店應運而生。軟性來說，現在香港有很多負面新聞、社會問題，令人不開心，我覺得繪本可以讓我們重新思考某種定位。

台灣繪本推手劉清彥有本書叫《道在童書》，主要說基督教訊息，但我覺得這個詞彙挺好，「道」是普遍性的道理、真理，人需要童心、善良，有關人際禮儀相處，這些都可在童書裡找到，而且也是教幼兒需要有的觀念，

繪本可以喚發大人忘記了、必須持守的道理。所以我覺得，香港很需要繪本店。

但這些東西慢慢長大後便好像不見了，如果在繪本中能找到這些，給孩子和大人看，對社會會有好處。繪本可以喚發大人忘記了、必須持守的道理。所以我覺得，香港很需要繪本店。

問——**你會怎麼形容這家書店？**

黃——好像賣花讚花香，哈哈。我覺得這家書店很有童心，小朋友來我會推薦有趣的書，希望這是一家快樂的書店，不知道怎麼形容，希望這是簡單得來能讓人找到幸福的書店。

書店資訊 | Bookstore Information

有為繪本館

地址	九龍旺角西洋菜南街 204 號 1 樓
電話	(852) 3105-1212
營業時間	每天 11:00-20:00
主要經營	專營繪本、兒童讀物、親子教育圖書、教師社工專業用書
開業年份	2016 年
臉書	www.facebook.com/PromisingBookshop

7
C/NO. 007
MADE IN TAIWAN

06 銅鑼灣樂文書店

穩重踏實，從一而終的書業堅守

" 在書店工作，
最開心是有人上來看書，
而且看了那麼多年，
抱住孩子也來看書，
光顧了二十年，
而且久不久經過也會上來聚舊。 "

——銅鑼灣樂文書店經理林璧芬 | Mandy

LUCK WIN BOOK-STORE

銅鑼灣樂文書店 經理

林璧芬 | Mandy | M

忙忙碌碌
遊戲人生
與眾同樂
愛書香
既喧囂
也孤獨寂靜

書店時光

堅持只賣書的書店

樂文書店是一家專注於賣書的書店。在現今書店經營的大環境中，不少書店為求生存而轉型，提供書以外的產品，如精品或咖啡餐飲等，然而樂文則始終如一，持守只在店裡賣書。

樂文有兩店，一家在銅鑼灣，另一家在旺角。店子的面積不大，但書很多，書架與書桌間的通道只容得下兩個瘦子，看書的人眼角都留有餘光，若察覺身後有人，即時自覺縮起身子以讓人通過，這裡是香港地少人多之縮影，也可見讀書人之間奇特的禮儀。

某日來訪旺角店，遇上某位店員正忙於收

01

01. 樂文由開店至今都專注賣書，沒有加入精品和咖啡，持守傳統的經營模式。

錢，一邊有人問他某本書放在哪裡，他亮出特別大的嗓子，一言道出，想都不用想。

從閱讀人口觀察社會變遷

一九八零年，樂文書店於旺角開業，當時我還未出世。銅鑼灣分店在一九九八年選址富明街，我還不足十歲。讀中學時是千禧年代，多逛家附近的圖書館，貪其布置明亮、地點就腳，更重要是不用花錢。過了初中，比較了解自己的閱讀喜惡，開始到二樓書店打轉，但也不頻繁。當時會去的，便是旺角樂文，也就是在那裡接觸到CUP、上書局出版的文化研究書，現在還保留著一、兩本。

根據《香港書店巡禮》一書，當時樂文的採購及經理葉桂好說，他們以出售港台出版的文史哲圖書為主，尤重文學書刊。又於《閱讀深情：私藏書店風景》中，看到作者徐振邦先生說，賣文史哲之餘，也有流行書，經營得不錯。勉強要定位，似乎行不通。正因為沒有專門要賣哪個書種，也不設特定目標客群，樂文作為有逾三十年歷史的老牌樓上書店，正好反映了整個社會的閱讀大氣候。這裡單純作書籍買賣及發行，經營者與顧客各取所需，選書亦很受社會流行的風氣影響。當閱讀模式不斷隨科技發展改變，到了現在，樂文的客人出現老化趨勢。

銅鑼灣樂文書店經理林璧芬（Mandy）說平日看到的年輕客人很少。未知是否年輕人對二樓書店的想像改變了，又或是因為同一地段有大型書店進駐商場，以品牌包裝吸引了現時講求雅致生活態度的客群有關？不變可以是

好，也可以是壞。流行更迭迅速，這會兒成為潮流，下一秒已過時被淘汰。唯有一心一意將好書帶給讀者，是樂文書店保存至今的特色。

既是書店也做發行

對本來就有閱讀習慣的人來說，到樂文買書感覺特別良好，逛一圈，你會發現專門與流行的書籍都有，選書既新且快，才剛在台灣出版，就在書店內找到，這大概與他們在一九九三年成立自己的發行部有關吧。能夠選入有趣而其他書店未必會賣的書，也省去中介費用與時間，有一定的經營優勢。而且，書總在打折，在我的印象來說，打折的特色，幾乎已成為二樓（樓上）書店的一種文化符號，當然這並非樂文開先例。反觀在台灣，同樣沒有

02

02. 在銅鑼灣樂文，有一塊可供讀者坐下來的木頭。這塊可是真正的木幹，而且從一九九八年起鎮守至現在。Mandy 表示，希望書店裡有處可以坐下來看書的位置，剛好住青衣的同事於颱風過後見到有些待處理的樹木，便搬回店內，經處理過後，便成為了書店中一張特色的座椅。

圖書定價法例，不難聽見大型、網絡書店以折扣戰吸引讀者消費，弄得獨立書店經營困難，賣書盈利愈見慘淡。

「在英國有這樣的政策：書店一定要跟著出版社的定價來賣，不可增減。這個法例其實用作保障小書店，因為大集團較有能力向出版社壓價，所以賣得比小書店便宜。但香港的書店生態卻剛好相反：小書店長年八折，大書店卻不常減價，這是香港書業怪現象。我很能體會到小書局經營的難處，因為每本書都必須真金白銀的入貨，雖然有六十或九十天的賬期，到時到候要找數。但每一本賣不出的書，等於把資金鎖住，所以資金周轉對小書店來說是最困難的。有時情願把書十元三本的平賣出去，也比囤積在店裡好。」曾經營曙光書店的馬國明前輩在《明報》一篇訪談中這樣說過。到底書本定價與生存空間兩者有何影響，是另一個值得深思的課題。

我想，不帶功利性的文學書愈來愈少人買，似乎跟這家書店的處境很像。數十年建立下來的口碑，令樂文書店在港台也頗有名聲。畢竟樂文憑持守在書店只賣書的原則——主力為客人提供想要的書籍——而屹立至今。心無旁騖堅持一件事情很困難，而歷經得起時間洗禮的，總發放著迷人的光采。

03

閱讀對話

問 — 我一直想知道，為甚麼香港會有二樓書店？

M — 二樓書店是二樓行業的先鋒。我聽老闆說，一九七九年尾、八零年代時，二樓開的通常是小型公司，又舖又居那種。書店很難付得起地舖租金，所以不如做二樓舖，後來有髮型屋、眼鏡店、二手服裝等，都是因為二樓書店紅了，特別是九十年代，有一輪經常講二樓書店，於是開始競爭厲害。

我一九八五年進樂文（旺角店），當時鄰近都沒有二樓舖，其他單位都是民居，最多是樓下藥房，樓上是倉庫。開二樓店，樓梯一定要光猛，人家才知道你的存在，因為不會做甚

05

04

03. 樂文書店是專賣港台新書的樓上書店。

04. 店員特別推介從這個最佳角度拍書店，特別有電影感。

05. 作家董橋所寫的對聯。

麼廣告。

到了一九九八年，在銅鑼灣富明街開了分店，大廈一梯多伙，樂文租了二樓兩個單位。富明街是小街，要從大街繞進去，要找到也蠻困難的，不過也想試試看在港島這邊開店。後來樓下大閘規定要關上，人們按鐘才可上去，於是很多客人便不來了。一九九九年找到現時（駱克道）舖位的樓下（二樓）單位，做了五年左右，業主收回，便搬上來這裡（三樓）。

我一九八五年在洗衣街那邊的樂文工作，然後洗衣街要發展便搬去西洋菜南街，雖然地方小但生意很好，因為近地鐵站口。洗衣街店的前身叫「貽善堂」，我只上過去一、兩次，兩夫婦做老舊書種，打發時間，那位置暗暗的讓人害怕，樓上是學津，賣參考書出名。後來樂文接手了貽善堂的位置。

一九九八年開始，二樓書店業興旺，像洪葉，名氣提高了，訪問也多了，普羅大眾也知道多了。不同現在，人們不看書，只看手機。

問—你覺得人們的閱讀口味改變了嗎？譬如喜歡看雜誌式的內容或旅遊書？

M—雜誌的特色是快和資訊性，相對以往還是賣少了。至於旅遊書，我記得一九八五年時，旅遊書只佔一格，因為個個也是參加旅行團，而且是高消費玩意。到八十年代喜多郎講絲綢之路，開始多人自由行。到一九九七、九八年時，旅遊書愈來愈多，這麼小的書店也佔了一角落。至今旅遊更已成了生活的主菜，不去旅行好像沒有生活一樣。

一九九三年，我自己一個去絲綢之路，二十五日的旅程只打過兩、三次電話回家，因為沒有電報局。沒電話的日子也是這樣過，但現在已不同了，資訊要比以往多。享樂心態，話題離不開食、玩、買、旅行。以前做學生，閱讀風氣不錯，聽過有人說做一個月的大學書展可有十幾廿萬收入，雖不知真假，但從前的人靠書和雜誌才有資訊。我們近來再試做大學書展，可是一星期只有兩、三千元，所以沒有做下去。開書店是個理想，但我們都要生活，要有平衡。

問—樂文有甚麼選書準則？

M—書的類型、內容、作者的出身、經驗，有些書要留意入多點，要留意反應補貨，要知道客人的習慣和買書方向，離開大眾客路的書種便要花時間看詳細一點書的內容。倉存空間小，所以入書量要算準。

有些書要留意入多點，要留意反應補貨，要知道客人的習慣和買書方向，入書量要算準。

06

06. 書架一隅風景，每個讀者總有自己最喜愛的角落。

07

07. 書店空間不大，入書量非常謹慎，幸而樂文的店員個個都有豐富的經驗。

問—這麼多年來，選書有改變嗎？

M—一定要變，慢慢淘汰賣不出的，否則便關門了。先就書的種類來說，八十年代跟隨日本流行袋裝書，後來流行較大本，而且包裝花巧的類型，例如有鐵盒載著的，將書變成商品一樣，以更取巧的外型吸引人。

七、八十年代香港經濟起飛，廣告、設計、文化，樣樣也很注重格調，低俗的廣告過不了關，噱頭背後一定要有文化包裝，那時候人們覺得需要多看書，那時的設計書賣得非常好，我們甚至會去智源（在香港專營日本雜誌及圖書的書局）採購日本設計書。

內地出版的社文史哲書強，約莫一九八五至九零年，我和同事上大陸廣州入書，約兩、三星期後就賣清。內地的出版，雖然印刷不精美，但評論不一樣。當時台灣則多出版文學書，有較多新趨勢、新思維題材，也有在外國買版權回來推出的翻譯書，和很多日本設計書。那時沒版權法，日本的書也可以翻版。九十年代頭書業蓬勃，台灣出版了很多關於EQ、生活、心靈勵志類。

我們起初做門市，九十年代轉型，除了利潤上的考慮外，也因為經過發行入書，沒有了主導權，不能選書，於是我們自己也做發行商，開設發行部，書種可以闊很多、來貨也快很多。

樂文的老闆本身曾在台灣讀大學，一直喜歡看書，同事和我也愛看書，可說是累積了多年的閱讀經驗才去入書，當然大家看書趣味不一，所以入回來的書種也闊很多。

我們也有觀察客人喜歡看甚麼，譬如看見客人買很多音樂書，於是我們試過在店內賣音樂錄音盒帶，也有跟香港的唱片公司合作推銷音樂書，有時會配合電影做推廣，流行書我們也有做，但只佔一部分，因為長銷書和暢銷書是兩回事。有時流行書暢銷，但一輪過後便沒人再買，例如《大長今》，並不是說寫得不好，而是有群人是因為電視劇才買書，不是因為有閱讀習慣而買。有些書則可以持續下去變成長銷書，譬如黃霑的《不文集》，幾年前有出紀念版，但現已斷版。像《紅樓夢》為甚麼成了經典文學？因為它是當時的社會縮影，可看到清朝的文化背景，也可看到家族的興衰，傳下來引證很多東西，所以有它的價值。

就算有些作者拿了諾貝爾文學獎，我們

長銷書和暢銷書是兩回事。有時流行書暢銷，但一輪過後便沒人再買。

也不敢賣。因為有可能他寫的題材冷門，時代背景不易引起共鳴，人們不再關心，所以要看甚麼時代和讀者的口味。譬如有一輪流行建築書，約在一九九八至二千年頭，很多人買，那時候有群人對香港的建築很有興趣，有那樣的社會風氣，所以那幾年建築書賣得不錯，但換了現在已沒那麼多。

問—又會否跟社會議題有關？

M—一定的，很多袋裝書流行，都是因為廣播劇、電視劇而賣得很好，即使本來是不看書的人，也會被劇集吸引而買書來看。

問—以你所觀察，現在比較多人關注的是甚麼議題？

M—健康，特別是沙士後（二零零三年），還有遠足書。書本貼近社會層面，可以偶爾帶動小風波、小潮流，但總離不開社會層面，沙士那時賣出很多健康書。

問—同一題材也會轉型嗎？例如旅遊書可能多了深度遊記。

M—其實一直也有，是兩個層面的人，兩班不同的客人。

問—這裡的書籍如何上架？

M—起初第一格是港版流行書、香港文學、談香港社會問題的書，大概七、八年前，愈來愈少這類書，便將日本文學調動過去。

問—原來是這樣，我也記得在旺角店是這樣編排，書籍不能流通便要重新編配吧？

M—最糟糕是，現在很少人看文學書，其實文學才是閱讀的基礎，即使哲學、歷史都多少有點功利性，真正喜歡文學的人，少點功利。我覺得當文學書愈來愈少人買時，這便是最危險的。

問—近十年來，會走到文學書架的讀者人數有何變化嗎？

M—現在少了很多，少了六成左右。

問—年齡呢？

M—以前是二十多至四十歲左右，現在客人老了，新客又不上來，年輕人少。現在有商場，以前沒有。現在三中商有很多自己舖位，如果沒有國家支持，以商業模式營運下去，其實很難做到。

問—曾經有台灣獨立書店店主指出，當地某區域內一家誠品書店的圖書收入只佔三成，另一家也不足一半，於是誠品提倡「複合式經營」的理念，明顯是要填補收入。換句話說，當產業本身的利潤無法支撐整個結構時，便需要依賴別的產業才能補充利潤，如此不免令人質疑，這個產業內部是否健康。就這講法，請教香港書業的情況又如何？

M—香港，最早開café的複合式經營書店是商務，在尖東開，一九九幾年；洪葉書店也送咖啡，不過是噱頭，因為咖啡而去的人不多。現在台灣書店街人流可能已不及十年前五分一。八、九十年代台灣出版書種、書量很多，現在第一版第一刷印量少，反應好才加印第二刷。對香港書業如何發展，持觀望態度。

問 — 你覺得是甚麼因素導致九十年代後出版業萎縮？

M — 社會風氣不一樣，書有時到了一定程度，不能無限增加。以往的香港文學，需要多久才能栽培一個作家？香港有名的作家就那幾個，有小思寫本土東西，而西西、董啟章都在台灣出書，一印可以三千、五千；香港的，連一千也賣不完。

問 — 那你覺得是甚麼因素令一本書成為暢銷書？

M — 天時、地利、人和。首先一定是質素本身，質素要好，也加上出了話題、切合當時的社會風氣，便有機會成為暢銷書。

09

08

08. 社會風氣加上折扣優惠，旅遊天書佔了書店一片位置，是最受歡迎的書種。

09. 收銀台前的好書推介。

問—文學有機會成為暢銷書嗎？

M—經常也是。村上春樹便是例子，西西也是，經常流行的，亦舒也是，瓊瑤也是。大陸的話，韓寒也是。第一，看作家願意浸淫花多少時間去寫，另外要夾到當時出版業遇上的社會風氣。

問—那你也會去逛其他書店嗎？

M—我逛書店的心態是找寶藏，和學習。去人家書店看看陳列，去大書店看看甚麼書能賣？看哪本書我們也可以賣？我每次去台灣也會去書店，在香港也有逛其他書店，不過被人認出來黑面便不敢再去。

問—視做書店為終生職業嗎？

M—希望做到我死。

問—有遇過印象深刻一點的客人嗎？

M—有的，小思老師常常來。在旺角時有位退休校長關先生也是經常來，那時他定期訂雜誌。他常跟我講起自己的事情，例如怎樣幫助妓女、社會上的弱勢群體。後來他很久沒來拿書，之後他女兒來了，說爸爸已過身，我喊得唏哩嘩啦。

大致上遇上的客人質素都比較好。也有遇過客人帶朋友上來，大聲說「我有看過這本書」，似是在炫耀。

問—在書店工作，最開心是甚麼？

M—有人上來看書，而且看了那麼多年，抱住孩子也來看書，光顧了二十年，而且久不久經過也會上來聚舊。

問｜那甚麼是最辛苦的時候？

M｜最辛苦是沒人來看書。以前會有人等書店開門，有人中午吃完飯會上來，放學時間老師會來、學生會來。現在手機佔據了本來人們可以看書的時間。以前即使人們不常看書，也有機會買本小說，起碼搭車時可以拿出來看，每天抽點滴時間去看。現在因為手機的使用，將平常不太看書的人更拉遠了與書的關係。所以人們不看書是有原因的。本來已沒有這個習慣，現在連看的機會也沒有了。

看雜誌也是種好習慣，細讀文章，讓人有一種靜下來閱讀的能力，但現在的人都慣看手機，令人一拿起書便會覺得痛苦！

當你跟人相處時，其實需要有如同你在看書時的專注力、分析力、投入感這些細節，現在事事講求快速，沒有耐性，已不一樣了。

書店資訊｜Bookstore Information

銅鑼灣樂文書店

地址	香港銅鑼灣駱克道 506 號 2 樓
電話	(852) 2881-1150
營業時間	週一至四及週日 11:00-22:00 週五六 11:00-23:00
主要經營	專營港台新書，台版書 7 折起及港版書 8 折起
開業年份	1998 年
臉書	www.facebook.com/ 樂文書店 - 銅鑼灣 -546472148708120

07 解憂舊書店

爾雅親和，
在街市裡尋找精神食糧

”書能豐富你的知識，
擴闊你的思想空間。
通常喜歡看書的人都愛胡思亂想，
一看書腦袋便很興奮，會周圍飄。
書是精神食糧，必需品，
所以生活裡一定要有書店。“

——解憂舊書店店主陳立程 ｜ Phyllis

THE BOOK CURE

解憂舊書店
主理人

陳立程 | Phyllis | P

書痴一名。因孩子長大，失業母親追求夢想，開了一間「解憂舊書店」，為被捨棄的書本尋找新主人。盼望書本帶給人慰藉與快樂。希望有朝一日，人人手上拿著一本書而不是電話。

書店時光

讓書本成為從街市買得到的日用品

感覺上，解憂舊書店的店主陳立程（Phyllis）是個知足及情感豐富的人。打扮簡潔、談吐溫婉的她，在沒有空調的室內環境工作，隨意盤起頭髮，整理店面時雖流著汗水，但熱情絲毫不減。每當提起書和喜愛的作家，她的臉上便閃爍神采。

開店前，她當了幾年全職主婦，有一個兒子，現在書店彷彿已成為了她生命中不可分割的部分，家人、朋友都改來這邊聚會。

第一眼看見解憂舊書店，便覺得跟《一個人開書店：那霸市場裡的烏拉拉》一書內所寫

01

01.　來到街市內，找到了解憂舊書店，舖位前面的小書架和推車都滿載著書本。

的烏拉拉書店氣質非常接近。書本幾乎佔滿全店，伸手一摸就可以碰到書的狀態，被書重重包圍，對於愛書人來說，有種莫名的幸福感。

店面兩顆暖黃燈泡從天花垂下來，點亮了整個空間。不知怎的，覺得這種黃澄澄的燈光，特別柔軟，是最適合在舊書店裡尋寶的光線。

座落在大埔街市裡，旁邊是賣乾貨如鮮花、衣服的檔攤，你能看見街坊街里恰如其分又充滿人情味的相處，甚至有客人不時拿水果、食物來到書店內，怕一個人顧店的 Phyllis 餓壞了。

想起台灣的洪雅書房起初也是在嘉義一個菜市場裡開業，創辦人便說過，菜市場是提供生活的必需品，書本正好填補缺口，讓人在庸碌生活中得到精神食糧。

讓街區小店相約愛書人在一起

細看每家書店的空間經營，你可以看出營運者的美感和價值觀。精緻俐落的風格比較適合純粹視書本為商品交易的地方。而在解憂舊書店，我感受到溫柔與熱情，小至讓客人留個紀念的文藝印章，大至牆上貼滿親手從字典撕下來的紙頁。我指著一張方形小板凳，Phyllis 便分享了一個小趣事——有客人問她賣不賣，她說當然不賣呀，這是兒子在學校製造的木作功課。她想起甚麼又說：「本來買四方形木板凳，入面可以貯物，但那種凳，我弄壞了九張。」我忍不住笑翻了腰。

02

生活經驗也是本書，教會我們許多道理。每家小書店都有自己的故事，由選書、布置、陳列，幾乎都能看出性格來。不過，逐漸又有人指出小店一體化的現象，例如世界各地獨立經營的餐廳，都在用同一牌子的洗手液，都在講求一種生活質感，各店無論裝潢、用色、擺設，甚至植物，都展現著幾乎一樣的美學概念，可能因為大家都是從同一網絡尋求靈感。那麼經營一家獨立小店的意義是甚麼呢？

我們之所以需要街區小店，並不是為了與主流連鎖的經營模式抗衡，而是有滿足區內人們實際需要的功能，也可作為社區的感情連結。書店如是，既需要在商業競爭下生存，亦不止於買賣交易，因為書有種氣場，讓想法接

03

04

02. 藏書量愈來愈多，書架不敷應用，書籍便堆在地板上，以小紙條來分類。

03. 路過的街坊，可以隨便駐足看看書。

04. 訪客可以蓋印章，留個紀念，也可以留言給店主。

近的人聚集在一起。將合適的書本送到客人手上，是很多獨立書店工作者的理想。

　前面提到那霸市場的二手書店烏拉拉，店主是有十多年經驗的書店從業員，從東京調到沖繩分店工作，然後在屬於熱門觀光地點的市場內開了自己的二手書店。店主在書中感慨，很多人問她為甚麼跑到沖繩的市場裡開書店？她想了再想，也說不出個所以然來。有時候人生就是這樣吧，非得要先開始一件事情，才會慢慢摸索出方向，偶爾也會有人跑到旁邊，為你抹汗打氣，說：「咦！我也這麼想喔，一起跑下去吧！」

　帶著滿滿的愛去經營解憂舊書店，必定會呼喚同樣熱愛書和書店的人，這是我對這家書店的寄願。

閱讀對話

問｜你在其他訪問中說過，刻意不用「二手書」一詞，因為與「舊書」包含的意義不同。可否再解釋一下？

P｜「舊」與「二手」的分別是，「二手」給人的感覺就是用過的東西，「舊」除了用過以外還包含歷史價值。在書業來說，愈舊的書價值愈高。

05

現時小孩都不太看書，心裡只想多點人看書。如果新一代都不看書，將來書店怎麼營運下去？

問｜你也說過開書店與兒子有關？

P｜現時小孩都不太看書，心裡只想多點人看書。如果新一代都不看書，將來書店怎麼營運下去？

我讀社工，但沒有投身這行。本來打算做兩星期臨時文職，後來做了十多年，兒子升中學後，轉做全職主婦幾年，他升上中四，我已管不了那麼多，便開始想想自己想做甚麼。

有甚麼刺激我真的動手去開書店呢？我從來不看電視劇，有次在手機上無意中看到《巷弄裡的那家書店》，一見到書店兩個字便按進去看，我很喜歡影片裡的那家書店，還有談街坊鄰里的關係、小社區的故事。那時候又出版了幾本關於書店的書，特別是《就這樣開了一家書店》，作者是位太太（台北永樂書店店主石芳瑜），她跟我一樣，孩子都長大了，記得她寫的這一句：「人生想改變的話，便是這個時候。」

問 — 你小時候曾夢想要開書店嗎？

P — 對呀，你不覺得這是很浪漫的夢想嗎？能夠開家書店整天對著書。不過，長大了便知道浪漫不能搵食。像最近看到 Flow 的報道（中環一家二手英文書店，曾因租金問題而暫時停業），會很傷心，因為香港好像容不下一間書店。

07

06

05. 閱讀可以替人解憂，在英國甚至有「書目治療師」，以書為病人撫癒心情。

06. 店主喜歡張愛玲，所以藏書櫃裡不乏她的作品。

07. Phyllis 決定開書店，是因為自己的兒子升讀中學了，不用她照顧太多，她便去做自己想做的事，而她也很希望新一代多看書。

08

問—你沒有在書店工作的經驗，那開業準備的過程是怎樣呢？

P—我靠看書，也有逛舊書店，因為想開書店而特別去逛了我的書房、Book & Co.、讀書好棧，也有請教其他書店的店主，他們教我很多，我自己再摸索。

問—有沒有令你印象深刻的書店？

P—約二十年前去台灣的女書店（成立於一九九四年，是華文地區第一家女性主義專業書店），當時剛開業（九十年代）。那時會看社會議題書，覺得比看教科書更有趣。小時候會看愛情小說來消遣，像岑凱倫。最喜歡的作家是張愛玲，短篇如《色戒》、《封鎖》也很喜歡，非常好看。

問—開書店是你想像中的模樣嗎？

P—我以為很輕鬆的，哈哈，看看書、拍烏蠅，喜歡便開店，沒甚麼做便關門。但我開書店後，除了一天掛八號風球沒營業，每天都有開門。

問—沒有放假？你家人會幫忙嗎？

P—兒子會來幫忙。

問—私人時間少了？

P—對呀，不過我在這裡的時間便是我的私人時間，朋友會來這裡聚會，家人也經常在這裡。你看我媽媽就在對面。

問—為甚麼你那麼喜歡看書？

P—在我成長的年代，小時候沒甚麼娛

10

09

08. 平日有不少人前來書店尋書。

09. 店外設有「漂書」架，供人放書，人們也可免費取走喜歡的書，但也曾遭人投訴店外的書架阻礙通道。

10. 店內書本的定價隨心，也有人跟 Phyllis 說書價太便宜了。

樂，都是看書。上班的話假日會去圖書館，沒上班的時間幾乎日日都去。書能豐富你的知識，擴闊你的思想空間。通常喜歡看書的人都愛胡思亂想，一看書腦袋便很興奮，會周圍飄。書是精神食糧，必需品，所以生活裡一定要有書店。

問—在書店選址的考慮上，怎樣與附近的環境氛圍配合？

P—我住大埔區，這一區很適合開書店，因為附近有中文大學及教育大學。為甚麼選街市？明顯是租金問題。而這街市在大埔區算很特別，不是濕貨街市，乾淨和大，蠻適合的。

其實也不知道為甚麼人們覺得在街市開書店那麼奇怪，我倒不覺得，而且挺配合的，人們也常常說書是精神食糧。

問—附近的人會好奇你在做甚麼，或會來幫忙嗎？

P—一定有，尤其街市是充滿人情味的地方。這裡也很有趣，其實很多店主已不志在做生意了，都是退休人士，「搵啲世藝做吓」。他們還會幫我安裝招牌或甚麼的。

以前我也會來買花，這裡也有小量環保產品售賣，例如環保皂。街坊都沒問我為甚麼在這裡開書店，有人以為這裡是文具店，說「咁咪有得影印」、「平時買支筆都唔知喺邊度買」……

也有人拿不要的文具、CD、VCD來，我便放在外面賣。人們打算要丟的書我便收下，很多人是自己拿書來，如果是女士和長者有不要的書，我便上門去取。

其實也不知道為甚麼人們覺得在街市開書店那麼奇怪，我倒不覺得，而且挺配合的，人們也常常說書是精神食糧。

11

12

11. 昏黃的小燈泡亮起，有很溫馨的感覺，這裡差不多天天都在「營業中」。

12. Phyllis 的兒子在學校製作的一張矮木板凳，試過有客人問賣不賣。

問—可否介紹一下這裡的書本分類？

P—小說、翻譯小說、社會科學、藝術、音樂、電影、本地文學、本地題材、中國、歷史、教育，最多是宗教，因為大埔多教會及佛寺，兒童書也多，不過我不賣，送給小朋友看，放在店外的「漂書」架。

問—每天來書店的人多嗎？

P—喜歡逛舊書店的人常常都來，學生也多，大、中、小學生也有，會來打書釘，每天有十來個客人，有買書的，人流比起我預期多，主要因為開業後傳媒報道，客人會摸上門。

問—有沒有關於書店的怪問？

P—試過在門口修理完成後放下電鑽，竟有人來問那電鑽賣不賣？或問店裡那張凳賣不賣？這其實是兒子在學校製作的木作功課，當然不賣。又有人會過來跟我說：「娶不到老婆！」又有人突然走來說：「公司某某很麻煩！」……很有趣，我要忍著笑回答：「是嗎？那你便不要理會他。」

問—在你看來，在香港經營獨立書店有哪些困難？

P—利潤微薄，不過舊書可能比較好。你知道在香港做生意，最難捱是租金，還有人工，成本又高。最大問題是沒人消費，現在看實體書的人愈來愈少，幾方面加起來。即使是大型書店也不能單靠賣書，要賣精品、咖啡。

開書店也令我感受到人們的質素。每次我很辛苦執完書，過了一天便又會變亂，因為人們拿書去看，看完很隨意便放下來，我想他們

並非有心弄亂，只是習慣了。另外也試過有人打去熱線 1823，投訴我放書在公眾地方（通道），食環署有人來跟進，不過他們對我尚算是好的了，沒有開罰單。

問—開書店到現在，甚麼令你最開心？

P—有家書店已經很開心，尤其有很多意外的支持，很多人都無償送書過來。而且也有滿足感，跟新認識的人提到我的書店，很多時他們都已經知道，這真的令我很感動。經營這家書店經常令我很感動。書店的經營比我預期中好。我開這家書店，感覺像是跟書店在談戀愛。我很愛我的書店，很強烈的感受到，自己已做了一年，回顧起來，我結婚已很久，談戀愛也是很久以前的事了。這家書店給自己像剛談戀愛的感覺，我每天也很掛念書店，捨不

這家書店給自己像
剛談戀愛的感覺，
我每天也很掛念書店，
捨不得，很擔心它，
每天也很想為書店做點甚麼。

得，很擔心它，每天也很想為書店做點甚麼，感覺就好像那本書《過於喧囂的孤獨》（作者是博胡米爾・赫拉巴爾 Bohumil Hrabal，關於一個老工人在廢紙收購站打工三十五年來的獨白故事）。人們問我是否傻了？經常回來顧店，連農曆大年初一也開？全家人都覺得我傻了，街市的人也覺得我傻了，問：「你不用休息嗎？」並非休息與否的問題，而是你很喜歡這個地方，便會回來。

書店資訊 | Bookstore Information

解憂舊書店

地址	新界大埔寶湖道街市 F021 號舖
電話	(852) 5392-3220
營業時間	每天 11:30-20:00
主要經營	售賣二手書，也設漂書架，讓人隨緣取書
開業年份	2016 年
臉書	www.facebook.com/thebookcure.hk

約翰·穆勒自傳
中國現代哲學史
人倫與自由
日常生活的心理分析
生活之道
Osler's
地北天南敘古今
鉛筆
The Pencil
西方歷史秘密檔案
西洋通史
閱讀世界紛爭地圖
後現代瘦身主義
踏入宇宙的一小步
新聞記者與謀殺犯
Exile on Wall Street
大契機
大學何價
文化與帝國主義
科技與社會
後東方主義
中國城市
香港新實現形記
台灣抗日史話
臺灣史綱
大債時代
西方史學史
东亚的价值
知識分子論
訪問
讀者
FOOD WASTE
驚歎愛爾蘭
文化Ｃ點
世紀之路
RESTLESS VALLEY
Philip Shishkin
民主的危機
大崩壞
COLLAPSE
犬の記憶
Uneasy
香港婦女

08 生活書社

率性而為，生活就是由基本需要開始

"書店的經營方法，我覺得是要去提供空間去等人前來、等待事情的發生。要做一家有性格的書店，不是一開始便有性格，不要受一般框架所限，也不是要為反而反，而是有自己的堅持，不以錢為先。"

——生活書社主理人鍾耀華及葉泳琳

生活書社 主理人

鍾耀華｜鍾

喜歡文字，喜歡閱讀，喜歡音樂，希望可以學習不同的事，拆解不同的框，活出自己。

葉泳琳｜葉

阿琳，在天水圍屋邨長大。跟從自己的心，去學想學的、去試想試的，直面我想為的人和生活，直面人性。從摸索中找到發到力的路，儲起某些力量、知識、經驗去繼續走下去、蹲下去。這就是「生活書社」跟我和拍檔的路。我們在經營的不是一間店，而是一個空間，至少是個「等一等，遲左都唔緊要」的空間。

書店時光

閱讀不止一條路

一進入獨立書店，就可看到一個個故事。不管是經營者自身、書架題材、空間經營、人流互動，以至書籍本身，也為來訪者製造獨一無二的閱讀經驗。

生活書社主理人之一鍾耀華說，中學時他把「看書」與「讀書」劃上等號，提起書總是沉悶的，到了進大學才醒覺，中學教科書裡寫的歷史事件，只有寥寥數字紀實，而當你往背後了解，卻會發現其實還有很多人的故事，且與時代、社會互相牽連。

真慶幸，不止一位書店經營者也提出這個

觀點——書是有趣而非嚴肅的，不止是在象牙塔裡閱讀，正如生活方式也可有多種面向，不止一條路。

01

02

01. 開業十個月，葉泳琳手拿著的木造招牌才剛造好，還未有時間掛起來，不過書社已逐漸建立了口碑。

02. 這個書架收集了本地出版的獨立書誌。

書本對思考的衝擊

生活本來就是處於不斷形塑中的狀態，沒有所謂的完成式。在生活書社兩位主理人鍾耀華與葉泳琳身上，參與社會運動、成為學運領袖的經驗，想必跟書本為生活帶來的衝擊是異曲同工。

在杭州雕刻時光藍獅子店裡，看過一幀照片，上面寫著：「我眼中的世界，因閱讀而不同。」我不敢以這句說話來為鍾耀華與葉泳琳定型，但我自己是這樣相信著。

那就聽聽兩位主理人說自己的故事。整個訪談是以懵懂未知、初次與兩人相遇的關係進行，就邀請你不帶社會上任何標籤去看這個對話，也去造訪生活書社。

03

閱讀對話

問 — 為甚麼會開書店？你們又如何看待閱讀？

葉 — 我在修讀副學士學位時主修文化研究，凡是日常的東西都有背後的因素、文化、歷史。小時候一直沒有看書、寫作的習慣。讀副學士時發現世界不同了，周圍都是窗口。發現自己浪費了很多時間，如果小時候有碰到課外書本，現在的自己可能會很不同。發現了這點後有不開心，然後我嘗試去書店，覺得很茫然，眼前見到的文字恍惚會散開，雖然自己想看，但可能跟身體、情緒、狀態、習慣有關。現在開了書店，閱讀量也只是緩慢地前進。

大學遇上我的搭檔鍾耀華，他有他的故

04

06

05

03. 店內有關人文歷史、社會哲學類的書籍。

04. 兩位店主一手一腳去打點書社裡需要的東西，還特地跑到古洞的志記鎅木廠，向守業者權哥學習木工，親手製作書櫃與小板凳。

05. 用樹木製作的原木書架，邊緣摸下去，可感覺到那份經歷時間洗禮、老練粗糙的質感。

06. 樹幹小板凳的切面上，還能看到年輪，坐在上面看書，可感受一下樹木屹立世紀的生命力。

事，他說自己小時候也沒有看書，到大一有人在他旁邊引領閱讀，而我是在大二認識他，直到那時才有人告訴我其實可以怎樣看書、怎麼挑，放膽去看去選。如果只是自己拿書上手沒人提點的話，我好像不懂得怎麼看。那時衝擊過後，書進入了我的世界。我很希望可以沉下來看書，當然文字世界很闊，文字有粗疏，文字背後也可能有另一個樣貌，不同年代出版的書本，在現今社會都很重要，當面對的資訊那麼多，書本可以梳理思緒。

上水街市有很多東西買，很多東西看，可是領展不斷在收購，很多街市沒有了，天水圍街市也沒有了，書店開在這裡（元朗大橋街市），我會形容這是一個 project 多於開一間書店，由很多想法環環相扣而成。

我會想看看在這裡能否跟其他人的生命偶

遇。不刻意也不是無謂的。要怎麼去做？我也不知道。其實我們甚麼都不懂，但這正是有意思的地方，慢慢跟人互動，摸索如何做下去，由此去認識不同的人。

城市裡有很多空間都被框起來，人與人之間很難偶遇，要不斷做不斷試，例如星期六我們會去擺攤，在元朗找地方賣雜貨、書。

有些東西會有道力，令人覺得一定要有，例如這裡有賣雜貨，有人會問是否用來幫補收入？其實這是跟自己的想法有關。在別人眼

其實我們甚麼都不懂，
但這正是有意思的地方，
慢慢跟人互動，
摸索如何做下去，
由此去認識不同的人。

中看來，現在社會盛行健康生活，人們對各樣有這象徵的東西都想擁有，讓自己沾染那個氣氛，可能書本也是吧，談做甚麼會成功、如何面對被討厭的勇氣的題材等，會在博客來買那些暢銷書籍，又或到iHerb買健康食品，但我不是想做這些。當然一想到社會大環境會很無力，但連生活細節上也沒有堅持的話，很多時我們便找不到鬆開現狀的出口或其他的可能性，我覺得生活便是這樣了。當初決定要開書店時，我們覺得雜貨也是一定要存在的，只因為那是生活裡細節的一部分。很多人天天上班，面對人事、家庭、租金，真的很難叫他再花時間去思考生活背後的哲理，在街市一棵普通的菜和有機菜，他問你哪棵較便宜，但你說到營養或理念，例如是為了下一代，那些東西其實很難說出來，加上有機的概念很複雜，人

09

08

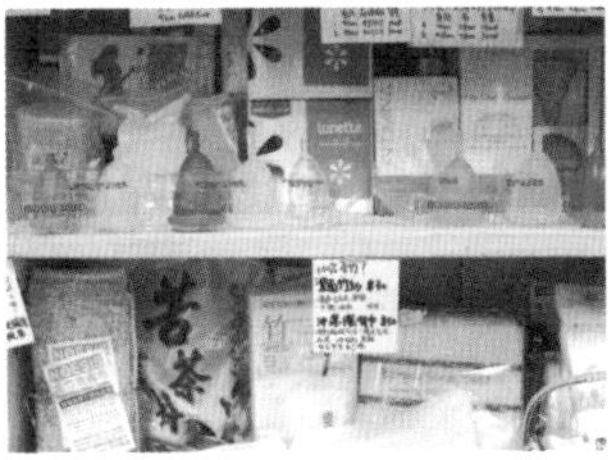

10

08. 09. 10. 這裡也有售賣環保月事用品、茶粉、天然手工皂、驅蚊產品等，日常使用的雜貨能展現和回應店主自身生活所持守的理念。

們不買是否代表窮？忙的人便沒有時間接觸？這狀況也可以發生在書本上。

我希望在生活的各種範疇找到另一個選擇。從小別人說是這樣的東西，我卻想找另一種方式。我曾經有嚴重的潔癖，很害怕細菌甚麼的，到萬寧（個人護理產品連鎖店）買東西像是理所當然的事，但當我想起有沒有另外的選擇時，便四處問人，情況像書店一樣。人們本來覺得街市是怎樣的，我們更加想試出不一樣的東西來。時間容許我們等待更多偶遇和碰撞，也沒人可以判斷我們之後會怎樣。例如有人經過見到M cup（月經杯），便開始在這裡討論月經；有人本來在這裡想買雜貨，又會被書籍吸引過去；也有女士問這裡的書是租還是賣？然後在挑書中途看到有整套金庸的簡體字書便買下來，說可解悶，說手機沒甚麼好看。

11

11. 兩位拍檔有著相同的理念，於是一起打造了這家生活書社。

無論媒體或大眾給人如何印象，自己也得要去摸索去嘗試去碰撞，便會找到不同，在被框定的生活中這些碰撞很少遇上，特別是中學生更少會接觸到。現實一點，我們也有苦喊過「今天要交多少租」，但我們心裡要做的不只是為了維持生活，而是要不斷嘗試、製造偶遇。

鍾｜中七前我並沒有看書的習慣，家裡一本課外書也沒有，功課要交閱讀報告，一是不交，或是作故事。那時覺得看書很悶，現在想來也不知道為甚麼會這樣想，可能與上學有關，覺得看書就等如是讀書、溫習，我想是這個原因，令我以前很抗拒看書。

到中七公開考試後，覺得沒事可做，要進大學，便開始看書，然後才發現自己喜歡看書，覺得很有趣。在中七時覺得自己很厲害，入大學讀政治系，想要改變世界，但一進大學，

無論媒體或大眾給人如何的印象，
自己也得要去摸索去嘗試去碰撞，
便會找到不同。
現實一點，
我們也有苦喊過
「今天要交多少租」，
但我們心裡要做的
不只是為了維持生活，
而是要不斷嘗試、製造偶遇。

便覺得自己好廢，在圖書館發現原來有那麼多書架，有那麼多本我完全沒有聽過的作者和書名，對比身邊會看很多書的同學、老師，覺得自己很差勁，自我形象低落。

慢慢地看書愈多，發覺世界原來很大。那時有讀文學、政治理論，特別是文學，對我來說影響更深遠，因為那是關於人的故事，人如何努力和掙扎。你發覺很多人其實不是我們在鏡頭前面看到的那樣呼風喚雨、發施號令的人，改變政治也不是這樣，其實人心裡面有很多掙扎、很多矛盾，讀完了很多別人的故事，好像有些釋懷，覺得人在大歷史面前可能就是「無用」的，應該這樣說，那「無用」是某個意義下的「無用」，就是不能單憑人去說一句話，整個社會便隨之改變。但你做不做呢，會有很多掙扎，我便想，不如去試做點甚麼吧。就像是你口渴了很久，便要去飲水。

問—最初哪類型的書最能啟發你們？

葉—其實與我在副學士時期間讀到的有關，不過很難說是啟發我，但有令我開始去看書，文學類如也斯、馬國明的書，其他會看的都是課程要求的參考文章，都是談香港的，然後心裡覺得，不用自己看低自己，對書的感覺突然間不同了，以前是不去看的，過去我不會刻意去找自己住的附近有沒有書店，我想自己也許錯過了元朗以前一些書店。

問｜剛才鍾耀華你說進圖書館看到很多作者和名稱不認識的書籍，那我想問，哪類型的書像打開了你另一個世界？

鍾｜我最初讀很多政治理論的書，但其實我最有感覺的不是這類書，而是中七暑假時看的一本——季羨林的《牛棚雜憶》。季羨林是國學大師，當年文革時他被整得很厲害，《牛棚雜憶》便是關於他所經歷的故事。讀書時中史科提到文革只有數句，沒有細說，純粹述說。第一次覺得原來歷史裡是有人的，我覺得中學

的教育並沒有讓我們怎麼去了解一個活生生的人的故事，歷史中那個人是男、是女，成績好、成績不好，其背後的掙扎、心理，我們都沒有怎麼去思考，只是照課文去讀。那本書讓我第一次進入一個人的世界，也感受到歷史的變化會直接影響到人的生命，那個直接的影響或是很細微的，歷史就是由不停的細微的影響而形成。季羨林提到他數次想自殺，身邊很多人都想自殺，讀到這裡，第一次令我思考——人去到一個怎樣的地步，會令人想自殺？

問｜開書店的想法是在甚麼時候萌生？又是怎樣演變到現在這個模樣？

葉｜有次跟鍾耀華閒談，說想十年後開書店、想耕田，讓人可感受事情的空間，最好是書屋，就這樣說說而已。後來有人提議鍾耀

12

12. 有關本地文化研究及社會議題類的二手書。

我覺得中學的教育並沒有讓我們怎麼去了解一個活生生的人的故事，歷史中的那個人是男、是女，成績好、成績不好，其背後的掙扎、心理，我們都沒有怎麼去思考，只是照課文去讀。

華開書店，這令我們意識到原來自己一直把想做的事推遲了。其實今日社會的人們經常是這樣，等大學畢業才拍拖吧，等退休才做想做的事情吧，等經濟穩定賺到錢再算吧！

鍾－這便是拿到權力才做社會關懷！

葉－我們這才意識到，原來自己也一直是這樣想。

而真的要落實去做時，第一件事是找舖位。每件事逐一砌出來，那時我們討論選址，需要想清楚自己想要做甚麼。

問｜有想過在其他地方做嗎？

葉｜那時我說要在街市開店，他的反應是：「你在開玩笑吧？先找找其他地方吧。」——我心想，一定找不到，最後也還是回到這裡來。

問｜找了一個月舖，決定租時會緊張嗎？

葉｜會呀，一直等待有道力量令他同意我們要在街市裡開書店。

搞好舖位，便開始在軟件上建築。譬如把想法整理成文章發給朋友，如果認同理念，也有書不要，便可帶來給我們。另外也有去找生活雜貨或其他想賣的東西，這是第二步。第三步是開始建立店面，裝修不必光鮮亮麗，要想清楚自己想要甚麼，而且很多事情都要跟自己的身體節奏去做，你看看招牌還擱在一邊，這是最近朋友幫我們造的。

問｜你們覺得二手書的價值是甚麼？

鍾｜便宜一點，其實我自己很少買二手書，多數買新書。新書的意義是不停有新東西推出來，至於二手書，你有機會找到很久以前想都沒想過的版本，幾十年前的東西可能已經失傳、絕版了，你沒想過原來有人寫過某些東西。另外，有時候你沒想過書裡面會有別的東西。譬如有人捐出來的書，入面夾了一張剪報是七、八十年代的，或者有張書籤，原來是舊戲票、廣告街招，甚至是以前時代的美女照，給留在書裡面，這是有趣的，我們可以窺探某

13

14

13. 二手書較便宜，這也是吸引人前來尋寶的原因之一。

14. 在二手書架前，隨緣看看，你也許會從某本書看到前人寫下的記號，或夾在頁中的書籤，幻想有關這本書與前主人的有趣故事。

本二手書以前的主人的生活是怎樣的。還有些人會在書上留評語，這有好有不好，有些人不喜歡書被塗污，但這也是二手書有趣的地方。

葉—小時候一定要書本新淨，角落不可以皺曲。後來到台灣當交換生，在那裡逛二手書店，氣氛感覺像是尋寶，本身想找的書在香港沒有，在台灣找到了，例如傅柯的書《傅柯：危險哲學家》，另外是與土地和人的故事有關，如農業、木工、原住民的書。

問—**那你對台灣的獨立書店印象如何？**

葉—感覺到每一家都有自己的格調，你走進去找自己需要的，不會一式一樣，感覺不像是只賣書，感覺跟人的互動較多。

07

新書的意義是不停有新東西推出來，至於二手書，你有機會找到很久以前想都沒想過的版本。

07. 店面空間不大，人們來到可能因狹窄而感到尷尬，但只要敞開心扉，說不定便能透過書本的世界而開啟了影響人生的對話。

問—**請問你們選書的方向？有沒有說主要想賣哪一類型的書？**

葉—希望這裡慢慢有我們喜歡的書，我喜歡一些能鬆開生活固定方式的書，如土地、農業、生活情緒，在香港比較少。用一年時間來建立這家書店是比較慢的過程，但我們期待接下來發展的過程。

鍾—多一些開闊世界視野的書。

問—**你們覺得經營一家書店跟其他生意有甚麼相同或者不同嗎？**

葉—其他生意是指？

問—**其他類型的生意，例如賣衫、賣鞋。**

鍾—有時我會想，為甚麼做書店訪問或評論報道，一定要談論怎麼經營呢？像書有甚麼價值，你怎麼進書，構思是甚麼，有甚麼策略，怎麼鋪陳排設書架……為甚麼不能說那個人的故事？人們一直會不會將書講得特別「巴閉」（了不起），有個神聖地位……看書像吃橙一樣吧，不吃橙、不看書，是不是就一定不好呢？看書就是特別清高？我抗拒某種說法。

葉 — 我覺得經營一家書店也可以好像其他生意一樣，大型書店追求當下潮流，以書做賺錢工具，但也可以不是這樣子，其他類型的生意也可以不是這樣，所以這個很難類比。

而書店的經營方法，我覺得是要去提供空間去等人前來、等待事情的發生。要做一家有性格的書店，不是一開始便有性格，不要受一般框架所限，也不是要為反而反，而是有自己的堅持，不以錢為先。

書店資訊 | Bookstore Information

生活書社

地址	新界元朗大橋街市乾貨區 S96 號舖
電話	(852) 6937-1318/ 6690-6081
營業時間	每天 13:00-20:00
主要經營	二手書及環保生活雜貨
開業年份	2016 年
臉書	www.facebook.com/livingbookspacehk

PAHL

09 虎地書室

青蔥無畏，由學生營運的公共文化空間

"上網買書通常有目的性，
你去書店則是別人會選書給你，
例如被動地看放「豬肉枱」上的一些書，
也許我本來不看農耕書籍，
但也會拿上手看，
價值便在這裡。"

——虎地書室委員會主席陳培興及委員蔡育衡

虎地書室 創辦成員

陳培興｜興

虎地書室創辦人及主席，《立場新聞》、《謎米香港》、《烙哲學》博客（台灣）。曾任嶺南大學學生會幹事會國際交流幹事。經營個人網誌《書寫隨興》。

蔡育衡｜Sunny｜S

嶺南大學中文系四年級，虎地書室創辦人，現兼職於《明周》。

書店時光

愜意寧靜的校園書室

有些書店空間是，你不用多說一句，只要待在裡面，就可感受那個愜意寧靜的氛圍，嶺南大學內的虎地書室便是其一。

翻看地圖，嶺南的位置，在屯門與元朗公路東面，處於虎地上村、中村與下村中間，而關於虎地一名的由來有三說，其中我最感興趣的說法是——這裡環山而建，曾為華南虎的天堂。

座落於大學校園內，處處綠樹成蔭，庭園曠闊，橋樑小路交錯。風吹樹梢，日光自然流灑於樹冠，地面的影子也被切割開來。我對這

01

02

03

01. 嶺南大學正門。

02. 虎地書室藏身在這所大學的校園內。

03. 書室的玻璃門貼上了舉辦活動的海報。

座大學充滿好感，也許是想起了同樣蓊鬱的母校（中文大學）吧。一步一步走往書室的路上，心情豁然開朗。

由學生發起到公眾參與

虎地書室那玻璃門旁的牆上，貼上了本月行事曆，讓協作群體與客人都清晰可見。其他位置的牆上，也貼滿了有意思的活動單張、海報、雜誌撕頁，你可以想像布置的人滿腔心思。

身處書室，仔細留意下，不難發現形形色色的小道具、標誌、裝飾，例如那個掛起來放雜誌供免費借閱的木架，本身是用衣架改造而成的，也有各種讓營運上更為暢順的物件，小至食物托盤、裝滿花茶菓的玻璃樽，大至音響喇叭，種種都突顯了這個空間經營者的巧思。

06

05

04

04. 05. 來訪者可以使用桌椅或坐在沙發上閱讀、溫習，甚至玩桌上遊戲等。

06. 門旁的牆上貼上了活動行事曆。

一群學生自發以委員會形式，自負盈虧，建構理想的閱讀空間，也肩負凝聚師生、推廣閱讀等使命。

在香港中文大學裡，曾經也有一家由學生主理的「逢時書室」*，然而後來單位由另一社會企業承租，書室也得遷出。以「書室」命名，相較起「書店」，多了一重溫馨感。

千呎空間內除了賣二手書，也會舉辦文化、藝術活動和工作坊，展現了人與人的互動，讓空間發揮多樣的可能性。別視這裡只是學生場地，校友、街外客參與活動的比率亦甚高。

*逢時書室於二零一四年勝出中大善衡校園「青年才俊創意計劃」的創業比賽，得以於二零一五年一月在香港中文大學陳震夏館地下開業，而在該計劃結束後，逢時書室遂於二零一六年二月遷至牛頭角工廈重開。惟經營不易，至二零一六年底，最終在臉書公布了停業的消息。

07

閱讀對話

問 — 想問一下書室成立的基本資料，還有現時的營運方式是怎樣？

興 S — 現時我們有十一個委員，非固定，有兩個去了半年海外交流。還有些校友委員、當然委員，不會留在書室，多是出席會議。

這個單位之前是商務印書館。現在由我們使用，不用付租金、電、水，但經營上須自負盈虧。開支主要是活動、傢俬、食物及其他準備。人手主要是委員、義工、service learning 來的學生（service learning 是指每個同學畢業前的必修學分，課程要求同學做義務工作）。所需人手是辦活動、顧書室、入資料等，也有同學專職負責財務、核數。

問 — 裝修方面呢？

興 — 有和學校商討，由同學設計和挑選裝潢，如傢俬、地板顏色等，有些東西學校提供，有些則由我們自己添置。剛開始經營時要籌錢，例如收銀機需要我們自己購買，最貴是造招牌，我們設計好之後再交到外面的公司製作，約九千元。我不想大家倒貼金錢，同學已經是義工了。雪櫃則從我的宿舍房間拿過來用，合用的東西都放到這裡來了，茶壺也是委員帶來的。話說回來，關於裝修的設計風格，如果當時大膽玩工業風更好，哈哈。

問 — 你們哪類書比較多？哪類書較受同學歡迎？

興 — 書種最多是社會政策、文史哲，可能因為嶺南大學文科氣息較重。不過我們都沒太

09

08

10

07. 書室裡其中一面書櫃的風景。

08. 09. 10. 這裡的陳設、布置，以及日常營運，都是由書室委員付出心機和時間去義務打理。

12

11

11. 主修哲學的委員會主席陳培興希望書室未來能賣更多哲學及科普類書籍。

12. 以顏色貼紙標示二手書的價錢。

多時間打理，要待放假時才可整理書室，現時賣一本書便放一本回原處。

至於銷量，哲學書賣最多吧，每次舉辦科普、哲學活動，都聚集一群人。

問｜可否說說上架方式？還有你們最想為書室引入的書種？

興｜篩走不要的，入資料後便上架。新收來的書會放後面。經營一段時間後，發現有死書，估計不會有人買，例如有小說分上、下集，上集沒有了，只剩下集，我想也不會有人買下集，便將這些書整理出來，或漂書或送給別人，換掉書架上的書。我自己最想賣哲學、科普書，例如有本非常有名的《宗哲對話錄》，由中文大學教授（劉創馥）與美國一個大學教授（王偉雄）合寫，很少中文哲學書寫得這樣好。

問｜你們怎樣為書籍定價呢？

興｜定價都是隨心，大概標準為原價六折，也視乎書本新舊，及出版年份。每個委員熟悉範疇不同，所以定價準則也不一樣。標價要看內容，有些書可能很舊了，有些可能寫得很好，在學界出名，或是經典，標價便會較高。譬如有本書叫《放風》（黃仁逵著），我不熟悉文學類，但讀中文系的學生都知道這本書，已經絕版，人人爭相購買，如果按原價打六折，只是四、五十元，所以我們故意標高一點，因為那本書的價值的確比較大。當然我們並非為了賺更多錢，只是認為二手書的標價也可以合理一點。開業起初，一日賣五、六十本書，現在大約一日十本吧。

賺了的錢怎麼用？會入虎地書室的銀行戶口。這個戶口有甚麼用途？按會章的宗旨舉辦活動，譬如搞讀書會，也有辦皮革班，目標是推廣閱讀文化、凝聚學生。

問｜你們已辦過不少活動吧？

興｜的確很多，像皮革、環保班，也有由社會學科主辦的音樂會、非洲文化分享夜，如介紹非洲足球及非洲鼓，還有視覺藝術系的藝術牆壁及創作人分享、好青年荼毒室的講座，甚至有其他友好組織曾帶小學生來做活動。未來也想辦主題書展，譬如童書。

問｜這裡有賣雜貨嗎？

興｜噢，對了，在那邊的桌子，待會我把蓋布掀起你就看到了，我們有賣嶺南貓關注組的布袋、精品、曲奇、花茶等等。

問—你們希望虎地書室呈現甚麼樣貌？理念又是甚麼？

興—想做一個文化空間，為同學辦活動，也可以在這裡休息、分享，讓人們在這裡學習甚麼的。喜歡這裡講座的形式，鋪張毯在地板上，大家就坐在上面聽。

S—推廣閱讀吧，好像說廢話，但其實自己有個私心，想將自己喜歡的書介紹給他人。

興—在我們的會章內也有寫理念：第一，凝聚嶺南人，讓更多校友回來探訪；第二，提高閱讀風氣，所以我們訂閱最新的雜誌，有不同類型，如文藝、電影、科普；第三，提供平台讓同學交流，如辦講座等。

S—之前去摩洛哥當交換生，逛了不少書店，地方寬廣，很多也有休息、餐飲的空間，

想做一個文化空間，為同學辦活動，也可以在這裡休息、分享，讓人們在這裡學習甚麼的。喜歡這裡講座的形式，鋪張毯在地板上，大家就坐在上面聽。

13

14

15

16

13. 14. 大學校園內有許多流浪貓，由教職員及學生自發定期餵食，作家劉克襄先生曾出版《虎地貓》一書，內容便是關於這群小動物的生態；而書室也推出了嶺南貓關注組的布袋、精品。

15. 16. 書室沒有餐飲經營牌照，但有提供曲奇及花茶。

作為書店的經營者，覺得這些與書同樣重要，希望在這裡也一樣。

問—那你們對香港的書店印象如何？這裡跟你們本來的想像接近嗎？

S—在香港行書店好爽，因為可以享受被書密集包圍的感覺。暫時這裡的書枱不夠，沒有太多展示書的位置。

興—我最多去逛旺角的樓上書店，還有誠品，其實我比較少在書店逗留，比較喜歡在房間工作。理想中的書店是沒有人去的，但沒有這種書店啦！哈哈！自己開書店當然也不想這樣。我想舉辦多點有趣活動，讓多些人來參與。各人長處不同，其他委員會關心細節、裝飾書室，正好互補不足。

問｜對你而言，實體書店和閱讀的意義是甚麼？

S｜實體書店的意義是挑選，那本書被人挑選出來的過程，上網買書通常有目的性，你去書店則是別人會選書給你，例如被動地看放

17

17. 書室內有小廚房，像是茶水間；高桌下方的書架陳列不同題材的雜誌。

「豬肉枱」上的一些書，也許我本來不看農耕書籍，但也會拿上手看，價值便在這裡。

興｜啟發吧。我經常有一種罪疚感，在低價買到好書時，人家寫作可能幾十年的心血，你用幾十元便買回來，真的很有罪疚感。老實說，看書真的有很多啟發，很多類型的書我也喜歡看，主要興趣是哲學，但也看人類學、心理、歷史，你會在意自己怎麼來到這個世界上，想知道以前發生過甚麼事，讓自己能想像，宇宙到底是怎樣，光是想想已經覺得很厲害。讀哲學書也能幫助自己清晰思路。例如小時候我厭惡同性戀者，慢慢接觸多了相關道理、倫理的書籍，覺得這樣的直覺是不正確的。人要了解自己的理性限制，透過了解某些心理現象，可以減輕偏見，希望這裡可舉辦多些閱讀活動，將知識普及。

閱讀是為了理解、體諒別人，看書是別人的知識、經歷，或是虛構，或是活生生的例子，最後都讓自己看世界的眼光擴闊。

網上和社交媒體如 Facebook 上的資訊也有好的，但拿一本書坐下來閱讀，我認為對一個城市來說特別重要，因為寧靜很重要，人是需要有些時間靜下來，想想一天做了些甚麼，學了甚麼，讓大腦整理一下及平伏情緒。

S —閱讀是為了理解、體諒別人，看書是別人的知識、經歷，或是虛構，或是活生生的例子，最後都讓自己看世界的眼光擴闊。並非要看到很大很遠，萬事知，而是令你有謙卑的心。學習面對自己未見過、或本來不能接受的東西，並嘗試理解。

書店資訊 | Bookstore Information

虎地書室

地址 新界屯門嶺南大學新教學大樓地下（UG 16）

電話 (852) 2616-7241

營業時間 週一至四 14:00-21:00
週五 14:00-19:00

主要經營 以「閱讀、生活、文藝」為主，售賣一、二手書

開業年份 2017 年

臉書 www.facebook.com/futeibookstore

餐桌の
香草植

10 比比書屋

樂天知命，晴耕雨讀的自在慢活

“有些事情在某個時空便要學習放慢自己的腳步，
看書也是一個需要放慢的過程，
大家可以沉澱一下，來到這裡不能急，
種植也是要等，例如昨天才下大雨，
今天想要心急下種子根本不行，
有些事情要順應天意。”

—— 比比書屋老闆蔡文元｜Ringo
老闆娘李秀麗｜Teresa

比比書屋 老闆夫婦

蔡文元｜Ringo｜R

老闆自小在元朗錦田雞公山下長大，對花草、種植及看書有興趣。所以兩年前退休後決定回錦田務農及與姐弟太太四人一起建立比比書屋，實行半農半X的慢生活。將自己的興趣變成生活一部分，亦與其他有緣人分享心得。

李秀麗｜Teresa｜T

老闆娘一向是城市人 city girl，喜愛畫卡通漫畫、陶瓷、紮染、做小手作、唱歌、跳舞、看戲，生活多姿多彩。比老闆早八年退休，並轉營做環保小手作如手工皂、再造紙、草木紮染及香茅驅蚊液等工作坊，娛人娛己，生活過得很充實。

書店時光

晴耕雨讀的慢活

記得幾年前剛出版《Slowdown Town》這本 zine 後，受邀到電視台接受訪問，主持問我，慢活的具體方式是怎樣？有甚麼成效？我大概這樣回答：

「就是不講求成本效益，並不是叫你做事情慢吞吞，因為慢並非指速度（tempo），而是調整自己的生活節奏（rhythm），讓生活留白放空，欣賞美好的當下。」

沒想到來訪比比書屋跟老闆蔡文元（Ringo）對談，從他口中重新聽到這個說法：「放慢一點，想清楚自己最喜歡甚麼。你可以

01

01. 來！前往大自然去！讓我們一起探訪元朗錦田公路上的比比書屋。

知道自己的缺點，同時發揮自己的優點。慢活是你慢慢享受生活，多做你認為有意義、是你的優點、可以發揮強項多一點的工作，這是我們主要想推廣的精神。」完全不同的時空與場域，想法卻雷同，再一次印證了，書本的引力，能夠吸引思想相近的人。

元朗錦田有大遍青葱田野，抬頭便發現被山林圍繞。順著指示來到大江埔村的比比書屋，隔壁是田畦，那是書屋外面，眾人一起務農的地方，過晴耕雨讀的生活。

這裡的經營軸心伸延出了幾條支線——Ringo和姊姊喜歡耕作，弟弟蔡刀熟悉書業與醉心咖啡，老闆娘李秀麗（Teresa）則鍾愛手藝，組合起來讓書屋呈現多元豐富的模樣。當然這裡並不只是他們四個人的事，因為有了這個空間，得以召集來更多熱愛土地、閱讀與生

02. 歡迎光臨菜田上的比比書屋！

03. 盛夏裡亦不覺炎熱，因為有樹蔭守護，帶點微風，坐著看書，非常愜意。

04. 這裡逢週五及週六對外開放。

05. 書屋裡的所有書架，都是用木材自家製造搭建而成。

06. 比比書屋的名字，源於書屋老闆的愛犬，牠名叫蔡比比。

02

03

05

04

活的人前來，共同學習與實踐，心靈上滿足，也回饋社會。

實現親手製作與二手重用的生活

你必須親身來一趟，才能感受到比比書屋的美。從荒廢的田地、棚屋與豬欄，經四位主理人的巧思、木工與手作，與及各方熱情的人們義務幫忙下，你看到一個質樸溫暖如家模樣的地方。無論書架、桌椅、地板、遮陽篷、咖啡桌、竹簾、燈罩等等，信手拈來也可說一個故事，親手製作和二手重用的東西相互融和。我實在無法好好地描述裝潢細項，印象最深是置身屋中時妙不可言的靜謐輕鬆。

選書也是另一絕妙之處。遊走台灣書店和民宿的掌櫃蔡刀，把新書分成不同主題上架。你會看到分類標籤如「關於書店的書」、「死亡不是意外，活著才是」、「睡好眠發好夢」等等。

現時老闆和老闆娘正處於人生的下半場，投入比比書屋的金錢、心血和時間，可能讓他們比退休前更忙碌吧。可是這種並非窮忙，對他們來說，親友、甚至新相識的人，一個問候、各方無條件的幫忙，一切全屬無價。

06

07

閱讀對話

問 — 為甚麼這裡叫書屋？你們的想法是書跟大自然融合嗎？這裡有很多親手製作的手藝，很多你們自己挑選的東西，由自己耕種的收穫，你們希望營造一個怎樣的氛圍？

R — 我們本來是社工，提早退休，享受自己的生活，因為不用擔心經濟，便做自己喜歡及更有意義的事。書屋加大自然的氛圍，加上我是回到自己童年長大的地方，可與舊朋友聚聚，更多時間陪家人，也可認識新朋友，這些都是很理想的想法。其實很快樂，起初也沒想這麼多，邊做邊加，覺得這實在是個奇蹟。

這裡新書佔三分之二，人們也有捐書來。我們覺得看書很重要，人應該要不斷吸收新知識。我喜歡買書，但沒有時間看那麼多。開書屋其中一個想法是，自己很喜歡看的書，書屋應該要有，與時並進的書也要有，在這裡推廣閱讀文化。

香港實在太急速了，在台灣等地常常說簡約生活、慢生活，擁有的東西不一定要很多，但應該要是自己喜歡的，生活就是發揮自己也欣賞別人的優點。我希望這裡的書可以深化一點，看完能用，譬如有關種植、咖啡、紅酒，看了可與人分享，希望人們能寫下閱讀感受、交流。我們一直也提醒自己要這樣做。

有書屋、大自然、和一班好朋友。我在這裡長大，機緣巧合認識農主，不收租，提供七千呎農地。小時候沒耕過田，但自己有種花，退休後便學種菜。以前當社工人脈較廣，認識很多朋友，在嘉道里認識了人，學習永續耕種，

09

08

07. 撥開紮染布門簾，進入書店光景。

08. 溫馨提示：進入書屋前，請脫掉鞋子喔！

09. 走進書屋，感受到樸素清新的氛圍，讓人從緊繃的生活節奏慢慢放鬆，還以為自己到了異地旅遊。

10

我也是由零開始的，其實大自然很美麗，有生有死，很多東西配合才有成果。

種植課程開了年半，現在用另一塊田讓人種植，已學會種植的，便一人分一行農地，自己管理，這裡有自動灑水系統，收成捐三分之一給我們。

我們也鼓勵人們來看書，讓人以書換菜。以書換菜的概念，是源於很多人家裡都沒地方放書，不希望浪費書本。最開始只收兒童繪本，但想到收回來的舊書希望能有用的，於是後來朋友建議收別的種類。

問——以往當社工時，你們已有開書店的想法嗎？

T——沒有啊，曾經有想過花店、雜貨店，人生下半場開始，做下去便知道自己有沒有能力和興趣。

我在零七年提早退休時轉型，去台灣學造手工皂、紮染，回來後學了陶瓷幾年。一直喜歡漂亮、得意的東西和藝術品。這裡本來只有石地、洗手盆、灶頭，一個簡單地方，屋內空間不夠，所以改造外面。有對夫婦朋友在苗栗開民宿及懂得藍染，其兒子讀藝術，知道我們開書店，便舉家來支持，在這裡辦藍染工作坊，爸爸識織竹籮，專程從台灣搬桂竹過來，即場削來造，兒子則幫我們做藍染門簾、也寫書法。因為有了這家書店，才會認識這些朋友，大家也覺得這裡是個不錯的場地，自然吸引到志趣相投的人來到。

而手工皂、驅蚊液，自己學會了，現在正好可以開班教人。弟弟蔡刀本身有興趣也去過台灣學造木工，而他自己家裡有很多書，見這裡有地方，便提議不如做書屋，可以飲咖啡，

12

11

10. 正在晾曬中的藍染布。

11. 放在當眼處的《又見一抹藍：大菁藍手十年記》，作者鄭美淑全心全力保育台灣藍染產業，她一家人在比比書屋開業時前來切磋交流，為書屋製作竹燈罩、藍染布簾，也寫書法橫幅點綴環境。

12. 鋪上了紮染布的桌面和椅子，增添了人與大自然的生活融合感。

也推廣文化，即使沒人幫襯自己有這樣的地方也好。Ringo和他姐姐喜歡種植，我喜歡手藝，蔡刀喜歡書和咖啡，四人便一起打理這裡。

問—選書主要是由蔡刀負責？

T—蔡刀一直喜歡逛書店，跟台灣書店的老闆相熟，也有寫書，跟出版社熟稔，連台灣

> 我們推廣慢活、永續耕種，整個理念都不為催促生長、謀利，而是覺得一花一草、一樹一木，也有它本身的角色和特性。

觀光局也會找他，所以這裡的氣氛、做活動時要把燈光如何調整，都是由他來主導。

問—Teresa學過這麼多手藝，那最深刻的體會是甚麼？

T—做很多事情都要慢不能急，如染東西，不能說「兩分鐘好了嗎」，需要等它吸收、乾燥，造手工皂也要等一個月。我本身也是個比較心急的人，但有些事情在某個時空便要學習放慢自己的腳步，看書也是一個需要放慢的過程，大家可以沉澱一下，來到這裡不能急，種植也是要等，例如昨天才下大雨，今天想要心急下種子根本不行，有些事情要順應天意。

問—我自己也有當假日農夫的經驗，當時就覺得，人與土地的共生，並不是說人站在

13. 老闆 Ringo 說，這裡選書與時並進，外面流行的會有，自己喜歡的主題也有，譬如有關療癒、不完美的選題，也傾向推廣實用性書籍。

13

主宰與操控的角色。那你們在耕種裡體驗到最深的是甚麼？

R — 我們推廣慢活、永續耕種，整個理念都不為催促生長、謀利，而是覺得一花一草、一樹一木，也有它本身的角色和特性。如果你種的菜是很脆弱的，會有蟲害，便要想辦法解決。不像傳統耕種，雜草如適當處理，也可以與作物共生。這裡蚊多、蟻多，夏天可達高溫四十度。要看到植物成長，需要時間磨練。

問 — 為甚麼想要慢活？

R — 香港人生活太急促了，急而沒有focus，很多時人們很忙，因為想做更多事情，答應了要做很多事情，人變得很「薄」，不會很深入。我覺得香港人很容易攻擊別人的缺點，很多批評，不懂得欣賞他人甚至自己。

不是叫你慢吞吞，而是放慢一點，想清楚自己最喜歡甚麼。你可以知道自己的缺點，同時發揮自己的優點。慢活是你慢慢享受生活，多做你認為有意義、是你的優點、可以發揮強項多一點的工作，這是我們主要想推廣的精神。我們開班也是這樣想，發揮自己長處，同時向他人學習，其實鄉村生活就是這樣，好的東西要與人分享，我們就是這樣長大的，左鄰右里守望相助，很少會將自己最差的東西給別人，也不會將人家不好的事宜揚出去。

問 — **你們一直也是提倡慢活的人嗎？**

T — 倒轉，我是快活的人，在家裡也經常催促其他人，做甚麼事都要準備好。但在這裡也沒衝突，因為生活其實都需要準時，總有人要做時間管理，我可以說是慢活中的快活人。

14

15

16

14. 這裡特別有一系列公雞碗及相關產品，老闆娘 Teresa 說現在年輕人喜歡懷舊，於是搜羅有趣的東西在店內擺賣，寓興趣於娛樂。

15. 台灣書店主人推薦的書。

16. 生活雜貨及牛皮筆記本。

問 — 那書屋有改變你的生活方式嗎？

T — 絕對有！我是城市人，前半生住在九龍、土瓜灣，對蛇蟲鼠蟻也是會大驚小怪的！自從認識 Ringo，結婚後便一路北移，由九龍退到荃灣，荃灣退到屯門，屯門退到元朗，一路退到入來。他自小喜歡種植、種花，對我來說轉變好大，從沒想過會做農婦、做書屋老闆娘。其實挺有趣，我學造的東西也是很天然的，香茅從土地種出來，草木染、做薑粉也是。漸漸學懂天然的東西對身體更有益，自己種自己吃更快樂。所以有些東西真是要慢慢等，不能一下子完成，於是對生命的看法也不同以往。以前上班很營役，每天等放工，沒機會享受。

問 — 想這裡成為一個怎樣的地方？

R — 我們這裡有幾個文化活動很受城市人

歡迎，像「靜觀日」，星期五下午到晚上，自己很輕鬆地看書，不聊天，與大自然接觸，聽鳥叫羊咩，將白天的工作節奏放緩下來。大自然本身就有療癒人們的效果。

還有其他活動，像黃豆漿、紮染、補碗工作坊，有時也做服務，社工同行朋友會帶服務對象來，或者是家長與小朋友，也有人組團過來，不過首選也是讓朋友來。有試過老師帶學生來上課，看書、種植。書屋不是一盤生意，而是一個平台推動義務工作、推動閱讀，這裡的成長比預期中多和快。

開放這裡，除了自得其樂，還希望與人分享。這麼遠走進來，有些人會自己看書，我們很鼓勵來訪者與人分享心得、想法，泡咖啡時說說自己喜歡看甚麼書，也歡迎人們捐書，也在書腰上寫點甚麼。不過有時候小朋友來會亂

18

17

17. 想給朋友寄出心意？比比書屋別出心裁，可為你給朋友投寄一張明信片。

18. 歡迎來訪書屋，留下片言隻語，抒發閱讀感受，書屋主人會把滿滿的書卷氣與人情味，貼於牆上。

19. 這是一家小書屋，也是人與人相聚交流的空間，書屋經常吸引磁場相近的人聚集在一起。

19

碰亂撞，也有可能影響他人，我們便會請他們到田裡的小屋去。

問｜希望書屋給人甚麼感覺？

R｜最開心的是，有人說來到這裡像是去了外國，這裡都是由我們自己一手一腳打造而成，（屋內）卡板木是二手買回來，枱自己造，地板自己嵌，（露天位置）咖啡桌是二手船木造，椅子是以前政府公務員用的凳。

不過我希望人們不光是喜歡這裡的環境布置，也希望給人感覺有人情味，來這裡的人們有交流對談。

問｜暫時來說，有遇到過甚麼困難嗎？

R｜如果你做的一件事情是你喜歡的，其實已經解決許多困難。這裡一星期只開放兩

> 書有書的香氣，
> 小書店有自己的氛圍、人際關係，
> 從中可以互相介紹及推動，
> 吸引不同的人。
> 我們不能遷就所有人，
> 有些東西自己熟悉便會去做，
> 喜歡我們的東西的人就會前來。

天，其實算是我們的娛樂，也是一個使命，做對社會有用的事。經常說的 Just Make，就是要平衡這種狀態。媒體報道後人流很多，但很多人來到只是拍個照便走，我們並不想這樣。

問—你們覺得人與書的關係是怎樣？

R—我會相信人是要持續改變的，包括你對自己的看法。但如何改變呢？你必須有很多經歷，人與環境要有很多接觸，如果你經常與一群同聲同氣的人，在同一文化裡，你只能夠停留在這個層面，而書本是別人的心血結晶，是精華，很值得分享。社會應多點尊重知識，書本也不一定是硬知識，而是有不同題材，有趣味性、娛樂性、日常生活實用性的，但當然也有經典、值得承傳的文化。我們不是一間文藝書店，但我們尊重知識，認為知識可以多元化一點。

問—為何城市需要不同書店的存在？

R—書有書的香氣，小書店有自己的氛圍、人際關係，從中可以互相介紹及推動，吸引不同的人。我們不能遷就所有人，有些東西自己熟悉便會去做，喜歡我們的東西的人就會前來。

如果要迎合所有人，圖書館可能是個例子，但做出來的東西可能會沒有了味道。我們喜歡一手一腳做，茶、咖啡也是，就像自己的標誌，便是由弟弟蔡刀設計。

問｜這個空間對你們來說有甚麼意義？

T｜這裡是個很好的場地，有益於有緣人、喜歡這種生活風格的人，以及自己，有這麼好的土地空間，沒有很大的成本，朋友的地方讓自己活化，下半生的時間、精力、金錢都花在這裡，價值是自己和別人也能享受，大家都很開心。親情和友情很可貴，這裡有很多東西都是別人來幫忙打點的，例如安裝太陽能板、做篷、地板，這些都是無價的，所以這家書屋並不只是我們四個人的事。

書店資訊 | Bookstore Information

比比書屋

地址	新界錦田大江埔村錦田公路 67 號
電話	(852) 5225-4119
營業時間	週五 14:00-22:00 週六 10:00-18:00
主要經營	菜田上的書屋，圍繞耕種、手藝、咖啡、書本，提供新書及二手書
開業年份	2016 年
臉書	www.facebook.com/beibeibookhouse2016

世紀廚神學院
海豚乘客
低醣
廚房
神
擇食聖經

11 清山塾

素仰慢讀，探索藝文空間的多樣性

”近年來，獨立書店跟獨立出版一樣，
出現愈來愈多不同的形態。
以前樓上書店，這家專賣文學，那家專賣台版書。
但近幾年的獨立書店有很多不同的特質與個性，
譬如有些與空間有關，
有些除了書以外，
還有其他營運項目，
令書店這個概念多了更多想像和詮釋。“

——清山塾主理人洪永起

清山塾
主理人

洪永起｜洪

洪永起，媒體出身，身兼記者、編輯、作者、策劃、寫作班及有機耕種導師、廚師、倉務管理員等多重身分，曾創辦獨立刊物，參與劇場演出，及營運文學藝團。為複合式素食文化空間「清山塾」創辦人之一，兼任文化主廚。寫書，買書，也賣書。

書店時光

觀察獨立書店的多元發展

洪永起是清山塾的主理人之一，他也是文學雜誌《字花》的前行政總監。本篇起首引述他的一句話，正好符合我對香港獨立書店生態的實地觀察。

在這書的第一篇與Book B的訪談中，提到獨立出版的多元性，書店也如是。不單止是商場化、走複合式路線這些論述，其實書和咖啡、書與雜貨等的結合手法以外，還可有更多。

我們看到九十年代以前，香港二樓／樓上書店的傳統格局與一律打折的慣例深入民心。「獨立書店」的概念，從台灣飄洋過海，其中

01

01. 清山塾位於屯門清涼法苑內。

「獨立」一詞表達自主、自由的精神，主宰了對書店的定義。而在香港特有的經營環境中，小本規模、不受財團管控的書店，也自然被歸納其中。

被媒體和讀者定義為「獨立書店」的，或於實體空間經營上展現某種特色；或推進社會議題，作為知識分子交流的空間；或因應經營者自身的想法與經歷而設定個性，從中有學生、退休人士、關注社區連結的商業機構、宗教團體；或從選書及氛圍中建立鮮明風格、主題，如童書、獨立出版、人文與生活。種種並不限於地理環境、經營模式，可看到「多元」的「獨立」如何建構書店，為來訪者製造多樣的閱讀經驗，說人與人、人與書之間的故事。這趟走到位於新界屯門的清山塾，跟永起對談，關於香港獨立書店的更多可能性。

展現獨立出版的藝文空間

清山塾位於屯門清涼法苑的範圍內，近六千呎的空間，兩間房子和一個庭園，你可以在這裡吃素食、看書本、喝咖啡和看展覽。人佇足庭園內，草木扶疏，抬起頭能看到沒有被高樓切割成碎片的湛藍天空。

第一次來的時候，看見倚靠房子裡面三分之一的牆身整齊排列著飲食文學，台灣作家焦桐的書映入眼簾；然後俯下身，瞥見櫃子內其中有一批由練習文化實驗室（一家本地獨立出版社）出版的詩集、小說等等，一列設計風格統一的書脊，簡約也整潔。永起熟悉文學範疇，曾從事出版工作，從選書可感受到人文氣息的濃厚，也看出一點文學愛好者的單純與感性。

驟眼一看，清山塾內獨立出版書籍的比例

02

03

頗高，我知道在香港做獨立出版，特別是文學，從來不易。一本書的出版，編輯、設計師與作家，是鐵三角的關係。作家費盡心血寫好作品，編輯幫助梳理脈絡，想像讀者感受再跟作者溝通調整，並與設計師共同完成一本書，以此傳遞理念。無奈在主流出版社，往往掣肘很多，再有熱情的人，也沒法按自己心意出版認為有價值的作品。所以如永起所說，這是件非常美麗的事情，期待香港獨立書店與出版蓬勃、百花齊放的時候來臨。

02. 內裡是一處清幽舒適的藝文空間。

03. 牆上一首詩，表達了書店經營者當刻心情。

閱讀對話

問 — 請問清山塾這裡選書有何方向？

洪 — 通常選書以文學、文化為主、也著重飲食文化。文學書因為是自己本身興趣，文化也是，飲食文化則與我們這個空間有關，因為這裡有餐飲，不過我們不會有純食譜，而是推介與食物有關、富文化意義的書。

問 — 我見到有個暢銷書榜，能否說說這裡甚麼書籍最暢銷？

洪 — 這裡近來最暢銷的是洪嘉的《Playlist》，是一本同志短篇。而以往比較好賣的，是范盛標老師的《力學》及張婉雯《甜蜜蜜》，這兩本出版已有一段時間，外面的書店較難買到。

我們基本上不會跟外面的書店競爭賣新書，不會鬥快，因為我們覺得書籍的銷售壽命並非如在平常書店內所見到的，可能三個月賣不出便要收起來。對於文化書籍，特別是文學，其實銷售周期並不在那一個月或三個月之內，而是可能需要更長時間，才能被讀者看見。所以讀者來到這裡，見到這些書外面沒有，反而喜歡。

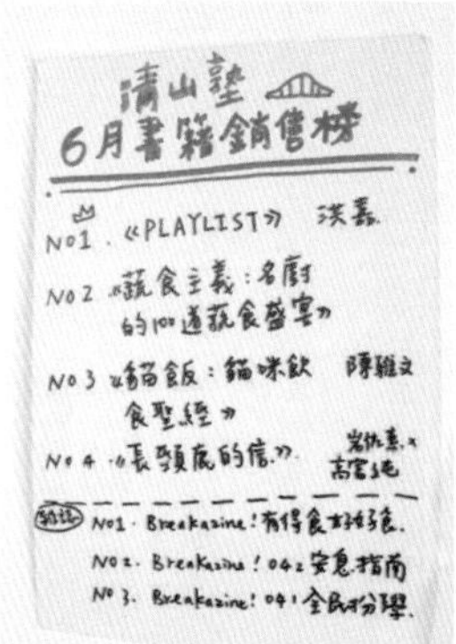

04

05

06

04. 清山塾自家的暢銷書榜。

05. 這裡的選書在主流書店都較難買到。

06. 提供素食餐飲的 café，整體裝潢陳設保存了建築物傳統的原有面貌。

我們覺得書籍的銷售壽命並非如在平常書店內所見到的，可能三個月賣不出便要收起來。其實銷售周期並不在那一個月或三個月之內，而是可能需要更長時間，才能讀者被看見。

過往聽過有例子，說文學書賣不出去，作者家裡及出版社都堆積了很多，不知道怎麼處理，在這情況下便可能要將書送去堆填區。可是過了一段時間，又有可能全世界都想要那本書，但已經沒有了。所以，有些書並不是三個月內便能夠被判斷其價值的，可能需要更長時間，它的重要性才會被發掘。

問—可否介紹一下這裡的獨立出版品？

洪—主要有兩大類，一類像 MCCM 出版的文化書籍，與城市有關，而 MCCM 的書在這裡也頗受讀者歡迎；另一類以文學為主，由小型獨立出版社推出，詩集、小說等等；另外亦有像 ACO 出版的這本《岸上漁歌》，也是主流出版社比較少見的。

問—你覺得社會為甚麼需要多元化的獨立出版？

洪—主流出版社的營運很看銷售報表，當然我不是說獨立出版社不用看，但主流出版社要養起一群編輯、設計師、市場銷售人員等，裡面有很多崗位，都是出版社要承擔的責任，所以他們對於銷量更加著緊。對他們來說，出書的穩定性較開拓性更為重要，所以很多時主

流出版社推出來的，都是較易賣出的書。

其實某些主題對於主流出版社來說是一種冒險，但對讀者來說卻有它的存在價值。好像《岸上漁歌》這本書，講本地漁民唱的漁歌，主流主版社可能覺得未必有人買，但我們覺得當中提到的內容是值得保留的文化。主流出版社不會冒險出版這本書，而獨立出版社較關注的，不是書本的銷量，而是其中的文化意涵，可以說獨立出版是比較任性的，認為意義上值得便會去做。我覺得這是件非常美麗的事情。

問—你覺得香港讀者對獨立出版的想像是甚麼？或者他們的接受程度有多大？可以說說你比較熟悉的文學類。

洪—我覺得不只是主流出版社不敢冒險，香港的讀者也是相對保守的族群。無論喜歡看

獨立出版社較關注的，不是書本的銷量，而是其中的文化意涵，可以說獨立出版是比較任性的，認為意義上值得便會去做。我覺得這是件非常美麗的事情。

07

07.　《岸上漁歌》由藝鵠 ACO 出版，一書兩冊兩碟，書冊讓讀者閱讀漁民的故事，其中一碟是一套人文歷史紀錄片，以歷時四年多時間，拍攝及記錄了香港老漁民的故事，另一碟則收錄漁歌，讀者可邊聽歌，邊比對歌詞，知道漁民在唱甚麼。

哪類型的書，可能挑選書籍時都會優先選一些比較保險的，譬如作者是他們知道的，知道這位作者是寫甚麼的，知道他過往寫的書是怎樣的，知道買了這本書後大概不會失望。對於這類型的讀者來說，買書不會去冒險，所看的書便不會令自己覺得失望或不值。我發現比較少讀者會去冒險，買陌生作者的書，無論是文學書或主流書也好，這種心理很普遍。其實嘗試去閱讀不同作者的作品，發現別人沒有發現過的，是一種樂趣。

問—那你自己的習慣呢？

洪—我其實也是個保險的讀者，譬如文學書，新作者的話，我會先在期刊閱讀他的作品，了解多一點才會買他的書。若沒有在期刊裡看過，便抱持觀望態度，可能拿書上手先看

08

幾頁，看看有沒有議題性，他寫的是否我想要去認識、了解的題材。

而如果是以主題去選書的話，我則會比較冒險，市面上如出版了我本身有興趣的選題，我都會去買。

近年香港的獨立出版見到更多元性，有很多有心的出版人，他們會去出版一些暢銷的書種再去養一些不太暢銷但有意思的書籍，抱這樣的心態維持經營，這也是值得鼓勵的事情。

問—**你如何看香港的獨立書店？**

洪—近年來，香港的獨立書店跟獨立出版一樣，出現愈來愈多不同的形態。以前我們口中的獨立書店可能就是指樓上書店，這家專賣文學，那家專賣台版書，以這種分類來辨別個別的獨立書店。但近幾年的獨立書店有很多不同的特質與個性，譬如有些與空間有關，有些除了書以外，還有其他營運項目，令書店這個概念多了想像和詮釋。對於我來說，香港的獨立書店跟出版一樣，開始多元化，開始起步、正在發展，所以我也很期待那蓬勃、百花齊放的時候來臨。

問—你說這裡的特色是慢嗎？

洪—因為我自己也是個很慢的人，做事比較慢，加上作為獨立書店，入書的數量沒法像大書店一樣多，每本書進貨後，也沒法一下子賣出太多。一般來說，跟發行商下單取貨，會有一個最低入貨量，訂書量要達標，才會送貨過來。然而我們只訂兩、三本書，對發行商來說，數量不達標便不會送書過來。於是我們需要將訂單儲起，一段時間過後達標了，才向發

10

09

08. 窗前排滿店主精心挑選的書本，以文學、文化作品為主。

09. 由 Kubrick 出版、作家葉志偉的的文學著作，這裡也曾舉辦過相關的讀書會。

10. 獨立出版刊物，如《字花》、突破書誌《Breakazine!》及《聲韻詩刊》等。

行商訂書。運作上有這程序，於是令我們也得要慢慢放下步伐來，加上我本身不太認同書本出版後便要在短時間內被判斷是否暢銷，很快地便要決定它可以繼續上架還是下架的模式。我覺得有些書值得留在書架上更長時間，讓讀者看見，所以這種慢的節奏也未嘗不是好事。

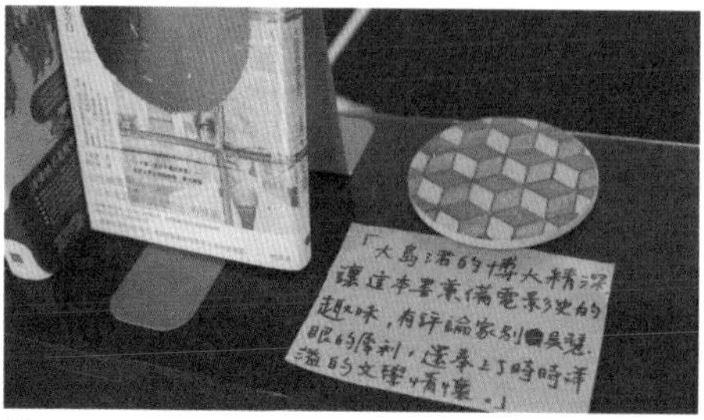

11

11. 店員親手撰寫的書介。

我們需要令自己的節奏慢下來，去慢慢欣賞、閱讀一本書。

問｜你覺得閱讀會讓香港人的生活節奏放慢嗎？

洪｜我不敢對此作判斷，因為有局長說自己一個月會看三十本書，將每月的閱讀量說出一個 quota（定額），人們或會覺得閱讀其實也可以是件很快速的事，哈哈哈！但很多時候，我們選擇閱讀，就是因為需要慢一點，思考如何對社會作出回應，以至我們做出版的，也需要慢一點，以判斷何以對社會作出回應。

舉個例子，雨傘運動，可能有出版社以時事角度來看，很快便出版了相關的書，而且即時可能賣得很好，但若我以一本文學書的角度來看，其實不適宜這樣快便對一件事情作出即時的判斷及反應，所以關於雨傘運動的文學書，出來都是比較慢的，因為需要一種沉澱、一種思考的過程，然而這種沉澱與思考所需要的時間，卻很多時與我們的生活節奏相違背。

譬如書展，人們一下子買了很多書，然後一年內都不會再買，很多時一個人的生活節奏決定了買書的行為，而這種買書行為便決定了他的閱讀習慣，所以我自己對於閱讀是否會讓人的生活節奏放慢是悲觀的。但我認為，我們需要令自己的生活節奏慢下來，去慢慢欣賞、閱讀一本書。

問—**你理想中的書店是怎樣的？**

洪—我理想中的書店是非常悠閒的，一天可能只有一、兩個客人，可以待在這裡慢慢地看書，看完覺得「這本書不錯哦」便買回家去。

書店資訊 | Bookstore Information

清山塾

地址 新界屯門屯富路清涼法苑內

電話 (852) 2461-6288

營業時間 週二至日 12:00-21:00

主要經營 提供素食餐飲，策劃社區性項目及藝術展覽，售賣書籍、影碟、唱片等，租賃展覽或活動場地

開業年份 2017 年

臉書 www.facebook.com/casphalt.tm

良心生活
公平點
FAIR CIRCLE

12 突破書廊

跳脫框架，為城市提供養分及生生不息的故事

“城市沒有空間讓人安靜下來，
但書店正正是讓人安靜，
慢慢看書和思考的地方。
談及眾多空間之中，
哪個位置最適合讓人停留，放鬆心情，
書店便扮演這個角色。

——突破品牌經理及文創產品事工温婉暉｜Entory

BREAK-THROUGH BOOK GALLERY

突破品牌經理

温婉暉 | Entory | E

畢業於市場學和設計學院。出身於酒店管理，曾為廣告公司市場及營業副總監，現職突破機構文創產品之品牌經理，是文化與市場的混血王子。相信太初有道，道化成文字而成為書，成為人尋找存在的價值、身分和文明的重要記號。

書店時光

共享文創空間

直至今天，我仍然未能夠好好定義香港的獨立書店。地少人多、租金高昂、非國也非城的地理環境，令這道書店風景有別於台灣或鄰近城市。具標誌性的樓上書店更替交接，現在已無法概括代表本地小書店。在走訪過程中，我看見很多人努力建設心目中理想的書店，甚麼年齡和原因都有，也有些人為此放棄本來職業。我也看見營運模式的多元，不只獨力支撐，還有各個團體因著其對書本與傳遞知識的信念，建設有意思的閱讀空間。按著個人喜好、生意考慮、理念表達，從選書及裝潢展現各式

01

01. 位於佐敦的突破書廊，經重新裝修後開張。

各樣的風格。二樓書店、獨立書店、特色書店、小書店、複合經營書店等稱呼，根本無法足以適用於描述這裡遍地開花的景觀。

準備排版前，編輯跟我剛好讀到一篇關於「突破書廊・佐敦店」的報道。二零一七年八月，這店重新裝潢後開張，連同樓上為年輕人提供的過千呎「共享工作空間 ─ Trial and Error Lab」，以「突破文創空間」這身分，探索城市多元的可能性。心裡想，就是這家書店了，它所展現人與城市的創造力，能夠充分也正好為全書的訪談作一總結。

以產品訴說理念

若你曾經逛過突破書廊其他分店，或許位處於商場內的，可能記得他們自家出版的青春小說，或者有趣的福音精品，像是卡通火柴人。眼前這家書廊內，你看到許多傳遞良好生活態度的產品，除了有本來已暢銷的心靈勵志項目外，書種擴闊不少，引入了像社會議題、人文歷史，也有輕鬆一點的如生活風格、旅遊文學、手作、時尚等。在這裡，我再次聽見如其他書店主理人相同的想法——以產品訴說理念。能夠進到店內的書本和產品，都與經營理念相呼應。因為你每一次的消費，等同支持背後的生產理念。開書店是門生意，同時作為知識與道德的把關者，要平衡實際與理想，實非容易。

我特別喜歡這裡現時的選書與精品，簡潔卻用心的陳列方式，令逛書店的經驗就像一趟愉悅的閱讀旅程。比方說你讀到一本關於公平貿易的知識叢書，旁邊架上正好是本地農人或手作職人的故事本，然後再過一點便是放滿公

02

04

03

02. 內裡裝修以樺木為主調，面向街道的一列落地玻璃窗令室內明窗淨几，自然採光的設計，令書廊整體感覺窩心愜意。（照片提供：黃國榮）

03. 晚上八時關門後，書廊的空間可靈活運用，變身提供其他活動，例如舉辦電影會。

04. 提倡良心消費，希望人們對生活上的習慣及行為有更多認知。

平貿易產品的木架。買商品前，你還可以仔細閱讀介紹紙條，明白背後的製作理念，才掏錢購買。

佐敦的突破書廊最特別的地方，在於它位處繁忙街道一隅，寬敞的空間內書店與咖啡廳結合經營。走進去，你不用顧忌需要消費與否，可以隨意坐在樺木地台上，拿起書本慢慢細看。書架之間擺設鬆動，樓底高䠷與明亮燈光讓人感到舒適自在，沒有半點侷促感。到了晚上，書廊搖身一變成為活動空間，為參與者製造有趣的生活體驗。

感激有這一群書店經營者，為城市提供養分及生生不息的故事。像書廊自家出版的介紹刊物所說：「用心做的事，會吸引人以心回應，成為鼓勵，照亮每個相遇的人，在城市中心點起一盞溫暖人心的燈。」

05

閱讀對話

問—印象中突破出版不少年青讀物，也推出很多精品。能否介紹一下突破書廊？

E—先說說為甚麼會有書廊吧。突破機構由做出版及雜誌開始，也有很多輔導服務。書店是由一九八二年開始。創辦人蘇恩佩女士覺得需要一家實體書店，有個地方展示我們出版的書。第一家書店開設在牛頭角，那裡也有提供輔導服務，所以有個地方能讓人們聚腳、休息。

為甚麼會叫書廊呢？這跟整體設計有關。當時書店位處的建築有兩層，樓下是影印舖，需要經過一條樓梯，像是一條長長的走廊，才到達書室。而樓梯的位置是個畫廊，有小型展覽。「書廊」由創辦人取名，將「書店」及「畫廊」結合。她也希望將書本如藝術設計般展示，書廊的名字就是由此而來。

問 — 那當時的選書，是以宗教為主、跟年輕人有關嗎？

E — 以我所知，她想將不同類型的讀物介紹給年輕人，主要是我們出版的書，與心理、成長、社會議題有關。當時也有出版《突破》雜誌，與年青人成長相關，有回應某些社會狀況的報道。當時入書種類也闊，不限於宗教。

問 — 每年大概出版多少本書？題材取向是甚麼？

E — 近五、六年變化實在很大，當然出版方向一直以年青人，以及與他們同行的對象為

07

06

05. 書廊的對象以年青人及他們的同行者為主，包括家長、導師。

06. 在「好好社會」的分類下，有突破機構自家出版的書誌《BREAKAZINE》。

07. 關注本土文化議題的書籍。

08

主，包括家長、導師。也有成長自助題材的類別，例如有些人可能已經踏入社會，但遇到人際關係或工作問題。主要讀者群是年輕人或學生，這個方向多年來也沒有改變。我們有一群青少年文學作者，包括阿濃、胡燕青、周淑屏等等，也有培育一班新晉作者。

問 — 起初選擇以青少年為主要服務對象的原因是甚麼呢？

E — 我想因為創辦人看見一些社會狀況，那個年代社會不穩定，也有學生運動醞釀中，跟現在有點相像。年輕人需要發聲，熱心關注社會事務，另一方面也有自己的成長需要，無論學業還是感情。蘇女士看到，這群人是社會的未來，他們有想法、行動，也需要培育，社會才有前進力。現在也是一樣，年青群體關注社會問題，將來我們也會老去，那誰來承接社會動力？先別說經濟發展等實務問題，誰去承擔整個社會的未來？必定是年青一代去解決這些困難。

問 — 閱讀在其中扮演著甚麼角色？為甚麼我們需要一個空間，內裡有那麼的火花碰撞和思考刺激，去讓年輕人試驗和實踐想法？

E — 其實這個空間變化已經醞釀好幾年，經過很長時間的內部討論。首先書店的經營模式一直在變，坊間大型書店也有騰出空間，辦活動或餐飲，我想也是受台灣書店氛圍所影響，這個文化在香港也漸漸成型。一家書店不只是買賣書籍，也有一種文化氛圍。我們也在思考，繼續下去的定位是怎樣？我們到底想要甚麼？我們並不想遵循一個既定模式，而是背

10

09

08. Entory 認為閱讀可訓練人的思考和塑造內涵，培育人的內在成長。

09. 內裡設有咖啡廳，提供餐飲。

10. 特設的地台上放有藤製的小蒲團，坐在上面看書，可以消磨一個下午。

後有自己的想法。究竟人們為甚麼那麼嚮往書店有那麼一種空間、那麼一種氛圍呢？

我們正正看到城市缺乏呼吸的空間。譬如商場，你想找個地方坐下來是很困難的，或者逛街累了，能夠休息的地方最多只是公園，但也很難找到座位；或者必須要消費才能坐下來，而且會有被盯著的感覺，看看你甚麼時候起身走（在香港，很多時候有限制用餐時間，在繁忙地區的咖啡廳，若只買一杯咖啡坐上一整天，可能會遭旁人白眼。這也是地少人多、資源緊絀的展現。）城市沒有空間讓人安靜下來，而書店正正是讓人安靜，慢慢看書和思考的地方。談及眾多空間之中，哪個位置最適合讓人停留，放鬆心情，書店便扮演這個角色。

其實書店代表著這個城市的面貌，我們看見，第一、地舖書店少了，因為租金昂貴吧；

第二、大型書店的經營比較似是百貨形式呈現，跟城市文化或是我們想要怎樣的書店去代表城市完全沒關係。我們不斷思考這些問題。坦白說，作為一家非牟利機構，要投入如此大量的資源，其實相當冒險。而且這裡的書店空間擴張了，我們事前想了很多，討論了很多。

我們覺得城市需要一個呼吸的空間，年青人也是。書店正正是個舒服的場所，讓他們放學後能聚集流連。在這裡你不一定要消費，只是進來看看書，聊聊天，度過一個下午也可以。這也是為甚麼我們有 café，因為它本身就是讓人聚腳的地方，也適合在職人士。

你看看後面的地台，我們內部也有很多討論。按地舖的銷售面積來說，這個地台是矜貴的，但你可以隨意坐下來。

11

如果你買下一種產品，
是對製作者或設計師
背後的想法的認同。
我們希望透過消費過程，
客人也參與其中，
傳播理念。

11. 在鬧市中，難得有一家書店讓城市人坐下來，靜心閱讀。

問—為甚麼選擇重新裝潢佐敦分店，創造這個空間？

E—我們覺得某程度上，在地舖進行這件事是個 statement（宣示）。書廊曾經是小型連鎖店，在商場有舖位。但商場店的租約只有兩、三年，租金也貴，而這裡是機構的自家物業，將部分外租單位回收後，我們讓書店空間擴大一點，並加入 café。其實整件事是很大的投入，成本也昂貴，本來外租的空間，現在由自己營運，賺不回本，對我們機構的成本負擔來說是一個大風險。

問—直到現時營運情況怎樣呢？

E—可說是戰戰兢兢，但比我想像中好。這裡其實是個頗大的轉型，一直以來突破給人的印象是基督教書店，比較傳統。今次想跳出

12

12. 書廊的營運成本是筆龐大開支，暫時仍是入不敷支，可是金錢以外的回報，如人們的好感及熱情支持，以至書廊對社會的回饋，都是無價的得著。

這個框架，如果你留意我們架上的產品，可以發現有很大的調節，書種改變相對較少，而禮品方面則較著重良心消費。以往的禮品可能以傳遞基督教信息較多，未必能吸引年輕人。現在反而想用店舖傳達信息，透過我們所選擇的產品，希望傳遞某種想法。如果你買下一種產品，是對製作者或設計師背後的想法的認同。我們希望透過消費過程，客人也參與其中，傳播理念。良心生活或消費是——當你每一次買東西時，也可以成為一種支持和參與。

問｜這裡的藏書量大概多少？選書方向有改變嗎？

E｜以往全店藏書量大概六千本，連書架及倉存，現在約五千多本吧。書量是少了，但種類跟以往差不多，「輔導」及「個人成長」

13. 書廊內有不少 upcycling（升級再造）的物品，例如經處理的紅酒木箱，盛載良心生活產品。

14. 闢出了部分空間，推介富本地特色的工藝品，也讓進駐樓上共享工作間的藝術家展示自家創作。

14

13

題材較為完善，至於書本展示上則有點微調，新添了多元書籍。書架分類也跟以往完全不同，以「好好」開首，譬如「好好閱讀」、「好好去愛」，其實這是在訴說一種生活態度，生活與人的關係。跟一般書店的分類如「成長自助」、「心理勵志」有點不同。

另外，我們希望來到店裡的年輕人可以看見生活有不同的可能性，譬如社會議題、旅遊文學、手作，背後都代表一種生活態度，又希望來到書店的人可看到生活的不同層面，於是我們也加添了生活文創類選書。

有時候香港人的生活很循規蹈矩，也很忙碌，感覺沒甚麼出路。特別是現在，很多年輕人覺得，如果考不進大學，或即使考進了，也不知道出路如何，選擇很少。我們將書廊連同樓上的「Trial & Error Lab」重新定位為「突破文化空間」，希望與年輕人同行，若他們有想法，我們提供資源，例如 co-working space（共享工作空間），也設有訓練工作坊。

問 — 你們陳列書本時如何呼應書廊的理念呢？

E — 譬如多了社會議題書種，我們強調生活的可能性，第一步是認知，知道有甚麼社會事件，不同的人有甚麼分析與看法，這些書比較硬性，但也有較為軟性的，像訴說社區故事的書，看來輕鬆一點，而背後也是說歷史和人情。我們覺得，如果年輕人不認清歷史，便好像沒有了立足點，不知道該怎麼走下去。這正是為甚麼人們常說，年輕人要找回自己的身分。每個城市的人都有某種獨特質素，從社會現象、環境、以前遺留下來的文化歷史可以看

15

16

15. 呈弧形的新書展示架。

16. 由本地設計師為書廊特別設計的藏書票，共有兩款，可在裁切好的小紙張上蓋章，免費讓人帶走作紀念。

每個城市的人都有某種獨特質素，從社會現象、環境、以前遺留下的文化歷史可以看到。近幾年有更多這類書出版了，藉此希望尋找自己是怎樣的人，我們也有進這類書。

到。近幾年有更多這類書出版了，藉此希望尋找自己是怎樣的人，我們也有進這類書。

你一進來便會看見一個大書架，不同時期會轉換不同主題。現在的主題是「城市生活」，比較輕鬆，譬如喝咖啡、談社區故事，是城市文化和流行議題的縮影。然後有（呈弧形狀的）新書及暢銷書架。至於選書路向跟以往相同，傾向成長、助人自助、工作，是現有及以往讀者一直都喜歡的書種。環繞柱子的書架有小型主題書展，像上星期我們剛完成一項活動，展示自家出版的書籍。還有其他分類書架。

問—就是剛才說過的「好好閱讀」、「好好去愛」嗎？

E—是的，不過我們覺得還未夠好，哈哈。有些書本的擺放位置可再作調整，分類的

17

想法跟實際上架的運作未必接軌，有些書難以分類，究竟是「好好去愛」，還是「好好心靈」呢？同事每天都處理新貨及擺位流轉，需要再加以思考分類上架的細則。

問 — 其實也是不斷在摸索中吧。讀者的反應如何呢？

E — 重新開張後，有讀者說這裡的書少了，可能是因為鋪陳的方式不同了，書枱展示的位置也比以往少，而讀者通常只看枱面，便會有這樣的感覺。其實我們都在思索著，怎麼更好的利用書架來展示書籍？一切還在不斷調整中。

問 — Café 員工是新聘請回來幫忙的嗎？

E — 其實 café 的營運是來自我們的姊妹

機構「突破匯動青年」，這個本身也是以商業模式推動基督教使命的機構，基地設在元朗錦田，是一家咖啡師訓練學校，目標是培訓一些在香港受剝削或少數族裔人士成為咖啡師，令他們自給自足，而這裡就是他們的實戰場地。

打理 café 的同事也是轉型工作，有些本來是臨床心理學家，有些是機構內的人際事工，譬如帶領歷奇訓練營的導師，現在轉做咖啡師，而且都已考取了執照。

問—你逛書店的經驗有影響這家店的日常營運方式嗎？

E—其實我很喜歡 Kubrick 書店，它售賣的書本和產品都在訴說一種生活態度，譬如環保、「半農半X」（即鼓勵人們一邊務農，同時也一邊從事自己喜歡的專業工作）。我想我從他們那裡學會的是，如何用產品訴說自己的信念。另外，是書店與咖啡和展覽結合這種模式，能善用空間。

經營書店，我最希望是有個地方讓人坐下來。若你問我，理想中的書店是甚麼模樣？我一定會答你，可以 hea（消閒、休息）。最好

18

17. 咖啡廳所用的咖啡豆都是跟小農直接貿易採購回來的。而在這裡工作的同事都曾經歷培訓而轉型，正好展示了人生不同的可能性。

18. 點綴生活的小物陳列。

19

19. 晚上書廊變身成為活動空間。早前曾舉辦一場「開書店是不是我人生中的Error?」主題講座，請來了幾位本地書業前任及現任負責人，分享書店的經營故事。（照片提供：黃國榮）

可以坐著玩桌上遊戲，還有些咕嚕，是個讓人休息及放鬆的地方。

問—你對於香港書店的印象如何？

E—二樓書店頗能代表香港，地方少、狹窄，卻有很多選擇。每家店的店主在選書上也有不同的想法，無論是生意角度還是個人喜好。譬如序言書室，雖然地方不大，但用自己的方法去做值得做的事，包括活動或者空間使用，我覺得我們很需要學習這一點。香港的土地問題很嚴重，我覺得書廊的地方已經夠大了，該想的是怎麼善用地方，或有甚麼變化，令空間不只是賣書，還有活動。

書廊晚上八時關門後，我們有時會舉辦活動，把這裡變成一個私人空間，拉闊書店的用途。譬如下星期會有兩場音樂會，小型閉門的，二十來人。早前也曾辦了一個活動，名為「與書店編輯的『盲約會』」。這次活動我們找來一位視障人士，請他介紹視障人士的文字（點字）、自己設計的點字尺，及分享視障人士怎麼看書。然後我們選了十七本書，每本抽取其中一些句子，來讓參加者按句子猜想書本的內容，再用半小時看書，看看是否猜中。這是個比較有趣的閱讀經驗。我們希望透過有趣的方法，讓人重新拿起書來看。有時城市人要騰空看書，也真的要下決心，要有道力幫忙。

我們希望透過有趣的方法，讓人重新拿起書來看。有時城市人要騰空看書，也真的要下決心，要有道力幫忙。

書店資訊 | Bookstore Information

突破書廊・佐敦店

地址	九龍吳松街 191 號突破中心地下
電話	(852) 2377-8592
營業時間	週一、三至六 11:00-20:00 週二、日及公眾假期 12:30-20:00
主要經營	書籍、禮品、影音產品，為青年人帶來文化生活資源
開業年份	1985 年
網站	btgalleries.breakthrough.org.hk
臉書	www.facebook.com/btgallery/

7
折起
8折
台北
東京
京阪神
WAIT, WHAT?
Thank You for Being Late
謝謝你遲到了
7折

附錄　書店職人講談記

在書本與讀者之間的重要角色

「每次熟客上來書店，都會問我有甚麼好書推介。我覺得，自己是個讀者，喜歡看書的人，客人上來聊天，一、兩句之後便知道是否聊得來。別人來找書，我會盡力幫忙，由此建立了友誼和信賴。」

——資深書店職人陳美美｜Mag

BOOK-SHOP KEEPER

資深書店職人

陳美美 | Mag | M

愛閱讀、愛分享。
閱讀是孤單進行的，有幸能跟別人分享好書，絕對是樁無價美事。
現任職於銅鑼灣樂文書店。

相約書店職人

為書店布置風景的重要角色

構成閱讀風景裡重要的一環，少不了書店從業員。作家創作的心血，由編輯與出版團隊用心製作成書，經書店店員仔細考量後安放在最合適的位置上，讓讀者看見並帶回家。

在日本，甚至有「本屋大賞」*，每年書店店員選出心目中的好書，加以表揚。你可能沒有為意，書店裡書籍的陳列排放，怎麼刺激了你的求知欲，繼而掏出錢包，買下那本你本來沒有主動去尋找的書。那已經是超越傳統行銷，反而是站在讀者的角度，忖想其需要，會對甚麼書感興趣。

尋找人情味的集體回憶

比起網絡商店利用程式去估算你會喜歡甚麼，跟一個有血肉、有情感的人對話，更能實在了解你的喜好，甚至會從他/她的經歷裡，為你選出一本意想不到的好書。

資深書店職人Mag Chan，從事書業店務二十多年，她提到二樓書店是很多香港人的集體回憶，不少移居海外的人，每當回到香港，都愛逛樓上書店，感慨懷緬一番那濃厚的人情味。正如在傳統茶餐廳裡，往往是家族經營，都不難看見於繁忙時間前後，老闆一家和員工開枱吃飯，四餸一湯、白飯任裝的場面。

傳遞書本價值的閱讀大使

每次在書店遇上Mag，她都非常熱情、友善，也率性而為。多年來，她全身投入書店工作，每當有讀者提出對書本的詢問，她都會盡力幫忙找到。正如每個行業也需要有用心付出、經營的人，我非常強烈的感覺到，無論在任何崗位上，你不能只抱著上班打工的心態，更重要的是，怎麼去當一個親和、友善、為他人著想的人。回歸作為人的根本純樸本質，書店從業員在行內的價值，值得大家思考。

*「本屋大賞」是日本書業界一項榮譽獎項，於二零零四年設立，以「由全國書店店員所選出的最想銷售的書」做為口號，評選者為「販賣新書的書店（包含網路書店）店員」，每年選出十本作品。

閱讀對話

問｜你第一份工作便是在書店嗎？

M｜在 Poly 讀完書後第一份工作是做設計，那個年代還未用電腦，做下來覺得不太喜歡，之後發覺自己較愛藝術多於設計，因為我不想有那種放了工也永無寧日的感覺，本身是喜歡自在的人，於是辭職。很幸運，之後找到的工作都是自己喜歡的。現在說的都是三十年前的事了，哈哈！真的很幸運，後來找到一份在畫廊的工作，向室內設計師建議及提供畫作，比較商業化的。做了六年，遇上股災。可想而知是多久以前的事。

然後很幸運地，在南華早報的書店找到工作，記得是在（銅鑼灣）時代廣場內麥當勞那一層，現在那裡麥當勞好像已沒有了。那時候還是手抄的年代，譬如賣了一本書，要記下號碼和書名。

問｜是南華早報旗下的書店？

M｜是的，專賣英文書。

問｜那是甚麼時候的事？

M｜大概是一九九五年吧。做了一年後，被澳洲書店 Dymocks 收購，然後在 IFC 開張，那時我有份當開荒牛，從無到有，開始一家書店。再過了一年，轉到 W.H. Smith 英文書店的機場分店，然後又轉回做 Dymocks 市區內的分店。在書店工作，發現自己喜歡看書，主要興趣是看中文書，喜歡文學。

那時在灣仔 Dymocks 下班後，都會經常來這裡（銅鑼灣樂文書店）逛逛，找自己喜歡的書，例如甚麼哲學入門，不過入了三十年也入不了門，哈哈。

問｜從那時開始，樂文的書種和擺位，也差不多是這樣嗎？

M｜對，每星期放工後會來兩、三次，尤其在翻譯文學區前看書，這裡的書種也沒怎麼變，擺位的架構定了，大致上都不變。每星期會送來一次台版新書，中間幾張枱是放新書的，書本便會經常轉位。

現在回想，那時已很渴望在樂文工作。我真的很幸運！工作都是自己喜歡的，真的很快樂！然後，我轉到樂文附近的開益書店工作，那裡賣流行書比較多。而在午飯時間、放工後，我還是會過來樂文逛，好像偷情那樣！我看到樂文很用心去做，盡力提供好書給讀者，而自己打工那邊，則是賺錢為主，但賣流行書其實「死得很快」。*

問｜台灣八、九十年代時出版業很蓬勃，香港如何呢？

M｜對啊，像誠品來香港，人人也很興奮，但我留意到很多書的題材都是換湯不換藥，好像到了一個飽和的狀態。

問｜你觀察到這幾年出版的書，讀者較喜好甚麼題材？

M｜因應需要，具話題性的，就像那本《房思琪的初戀樂園》（台灣女作家林奕含的

*編按：Mag 曾任職的銅鑼灣開益書店已於二零一五年底結業。

作品，關於一個讀文學的女孩被補習班老師誘姦的故事。林奕含於二零一七年四月被發現在家中輕生。）事件一出便帶動話題，一天會收到十來個電話問這本書，於是我們訂書回來，但後來有讀者久久也不上來取書，看來是過氣了，從話題興起到訂書取書回來，才三星期的事，事情都已褪去了。

問—這麼快？書的壽命真的是……

M—愈來愈短。你看新聞，有哪個作家去世了，一大群人去買他的書，但隔了一段時間，便會被別的事情蓋過。有時客人訂書，但他們可能很快便忘了自己訂了甚麼書，書到了通知他們來取，可是隔了很久也沒上來。這情況跟以前不一樣了，以往的讀者會常常問：「本書甚麼時候到？」也常常會打電話來書店追問，

現在好像沒有了這種情懷。不知道是不是因為步伐快了，人們忘記事情也快。

也看到人們已不太願意花錢去買書，可能外圍經濟原因。以前星期六、日最多人來書店，整個店內是人海，要幫客人拿書，簡直像是游過去一樣！

問—甚麼時候開始人流明顯減少了？

M—其實一路做下去就感覺到了。我想五年前吧，看著人流急劇下降。自己也覺得，沒需便沒求，書種也很厭悶，因為好像來來去去都是出版那些東西，把經典文學拿出來重印再賣。我是站在讀者多於銷售的立場，因為我自己很喜歡書，所以這是個人比較悲觀的看法。

問—在書店工作的最大得著是甚麼？

M—剛才說的是不開心的事情，說一些開心的事吧。現在身邊很多朋友也是在書店交流而認識，朋友經常 Whatsapp 給我說想訂書，有人甚至叫我「福爾摩書」，哈哈！

問—因為你可以幫他們找到好書？

M—對啊，試過絕版書也能找到，更因為這樣成為朋友。我覺得，只是多打一、兩個電話，要是供應商沒有，便上網找出版社的電話，而那次很幸運，接電話的人很友善，願意幫我找，竟然找到了一本，不過那本可能是損壞了的回頭貨，但客人不介意，後來終於訂到了，我們都很高興。其實很多時候都是事在人為。

很多事情都是緣分，我經常覺得書本帶動了很多緣分。譬如我在開益那邊有個好朋友，在書店認識已十年了。有次她來找書，說想送給剛失戀的朋友，她想起一本書叫《He's just not that into you》（中譯：《他其實沒那麼喜歡妳》），不過那本書店裡已賣完了，那時候我剛好有空，便打去問供應商，幸運地真的在倉內找到一本，我知道她趕著要，便跟她說：「不如我明天上班前幫你去拿過來。」她非常感激。人情這種東西，在大型書店是找不到的。後來她錄製了一張 CD，是我喜歡的音樂類型，Jazz 那些，之後我們都有交流音樂喜好。這朋友甚至在星期六、日會來書店兼職，幫忙打價，又買零食上來。她也有介紹朋友來訂書，我也很樂意去幫忙。這些都是令自己快樂的事，不止買賣那麼簡單。

試過遇上一個客人，只見過一、兩次。我在店內常播放自己喜歡的音樂，客人說很好聽，我便寫下歌名給她，我們交流音樂的點滴，隔天她送了一張 CD 過來，不過自此之後便沒再出現。神奇的是，我在 Facebook 分享好書時，有朋友說：「我有個朋友也很喜歡看書，你們應該認識一下。」原來她說的人，就是之前那位客人。

也有朋友在分享中提到探訪波蘭集中營的經驗，正好我對那段歷史很感興趣，於是介紹了一堆相關的書籍給她，我們甚至有個讀書會，她也會介紹書本給我。

每次熟客上來書店，都會問我有甚麼好書推介。我覺得，自己是個讀者，喜歡看書的人，客人上來聊天，一、兩句之後便知道是否聊得來。別人來找書，我會盡力幫忙，由此建立了友誼和信賴。

問－在書店工作遇上過甚麼困難？

M－在開益工作期間，曾有朋友邀請我一起開書店，在波斯富街那邊開了一家「有好書店」，取其諧音，「有一家好書店」。本來沒想過開書店，因為我的性格是買一送七，不太懂做生意。後來那書店也真是很快便結業了，因為人流不多，晚上八時後非常靜，感覺像發了一場夢。那時許冠文、小思老師都有來過，小思老師來過兩次，有次來到，一推門便說：「今時今日，還有人開書店！」你知道她是非常仁慈的老師，她語重心長地說：「你們要辦活動啊！」雖然書店地方大，也有賣咖啡，但真的人流不多。那時候供應商都很幫忙，甚至約了陶傑等人上來做分享會，只是無奈租金昂貴，五年前的事，租金四萬多，我的夥伴形容是在放血，那時真的是死氣沉沉。

說多一點跟小思老師的淵緣——我在有好書店時已經認識她，因為記得她喜歡看關於日本研究的書，於是我見到有相關內容的書便預留下來，待她上來書店便給她看，她也會買下。

有好書店結業後，我又回到開益工作了一、兩年，可是看到生意額一直在下跌。在開益工作的後期，我覺得心死了，決定要離開，因為那時書店開始賣很多不相關的東西，例如杯麵、紅酒甚麼的。

一直以來，開益跟樂文也有交流，會互相借紙皮盒等等，好似舊式鄰里關係那樣，會借鹽借米。Mandy（銅鑼灣樂文書店的經理）很好人，知道我沒做開益了，便問我過不過去做。小店裡的人際關係比較親密，有甚麼說出來便一起解決。譬如樂文有個男同事，喜歡烹飪，會帶食物回來給大家分享。

問｜遇過奇怪的客人問題嗎？

M｜有啊，試過有讀者心急，一進書店便問：「我想找一本書，紅色的！」哈哈，我當然立即理性地說：「你可否多給一點資料？我盡量幫你。」或者問他是否記得作者是哪位。

其實也滿多奇怪的客人，有個像維園阿伯，會定期上來，每次站在一旁搖動身體，睥睨著店員。我們要留意他的動靜，但又不能讓他發現。若他買書，會要求我們開單，但每次他也會說：「你的字跡很醜陋，重寫！」有心為難人，看得出來他其實可能生活不如意，於是找些地方發洩。

也試過有位女士，打扮浮誇，拿著一本政治書在朗讀，非常大聲，我們作為店員也得出聲勸告她不要滋擾他人，豈料她讀得更大聲！那次我惟有上前，做了一個不太禮貌的動作——拿走她的書，結果她發狂，跑到樓下扯掉書店貼出來的所有海報！

問—在書店工作，你最享受的是甚麼？

M—每當新書送來，開箱時我最開心，像拆聖誕禮物一樣。第二是在 Facebook 分享新書，讓讀者知道有甚麼好書。還有一個感受是，大家都知道書店是在二樓、三樓，會走上來的都是有心、喜歡書的人。

閱讀對我來說，最重要的是人，譬如當我讀到不同的書，便認識到新的作者；在店裡，又因為閱讀而認識到不同的人。

後記：小店人情味

後來再上去樂文書店，Mag 又分享了兩件事——

「之前曾遇上一個老婆婆來書店說想買聖誕卡，她要找的是盒裝、一盒多張那種。她說在很多商場、文具店都找不到，我記得在銅鑼灣商務書店見過，但她不知道商務在哪裡，我見當時舖頭內有足夠人手、客人也不多，於是便帶她過去。跟她一路行，她便一路說起以前在駱克道居住等事情，感覺很溫馨，只是多做一點點，便讓我很快樂。

另外，每逢暑假也有不少移民外國的人回來香港，他們很多時也會專登尋訪一下二樓書店，看看還剩下哪幾家。之前有兩位女士前

為讀者介紹好書，
我真的很開心。
那些書都是自己的心水好書，
也滿有香港味道。
分享的感覺很快樂，
不只是因為有人認同，
而是現在好書難求。
如果在大書店裡，
店員也會跟讀者多些分享，
我想閱讀風氣定會提高。

來，主動提起香港變化很大，大家連聲點頭，很唏噓，『這條街只剩下你們了，連雲吞麵店都沒有了。』我聽見她們這麼說，想起了兩本談香港書店文化的書，於是便立即介紹了《書店日常》和《七千零七夜戀戀書廊》給她們。『這兩本書真的很值得擁有，不如我送給你們吧！』其中一位聽後，立即哭了起來。其實二樓書店真的是屬於香港人的集體回憶，每逢暑假都有很多人從外地回來感受一番，看看香港的變化。當日另外那位女士，又著我介紹關於香港特色的書，我便推介了《珍饈百味集》，作者是蘇美璐，她曾幫蔡瀾的書籍繪畫插圖，兩年前也有辦個人畫展，這本書講述她媽媽的一生，有很多老故事。

為讀者介紹好書，我真的很開心。那些書都是自己的心水好書，也滿有香港味道。分享的感覺很快樂，不只是因為有人認同，而是現在好書難求。如果在大書店裡，店員也會跟讀者多些分享，我想閱讀風氣定會提高。」

編者的話

阿丁

感謝台灣大塊文化郝明義董事長為《書店現場》賜序。郝老師在台灣有「出版界的傳奇」之稱，作為具備眼光的出版人，他最早將米蘭．昆德拉、村上春樹、卡爾維諾等名家作品引進台灣，他關注書業如何持續發展，也著力探討在網絡時代紙本書的閱讀價值與存在意義。

在二零一七年二月的台北國際書展中，格子盒作室與另外四家同樣來自香港的獨立出版單位（Kubrick、文化工房、印象文字、Book B）組織了「52Hz 出版聯盟」，希望集合力量設展，把我們在香港出版的作品（《書店日常》是其中之一）介紹給台灣的讀者。在書展期間，郝老師不但作為分享嘉賓出席了我們聯盟的成立發布會，更抽空前來我們在國際吧舉辦的「30 秒說書會」活動，也相約我們聚餐，聆聽及了解我們香港出版業的困難。郝老師對我們香港出版工作者熱心支持，他也非常關心香港書業的經營狀況，於是在台北國際書展之後，他特意安排了行程，來了香港幾天，親身探訪了這裡幾家獨立書店，感受書店現場的氣氛。

郝老師多年來對出版及書業的看顧與守護，對我們後來者而言，是很大的鼓舞。於是，這次《書店現場》的出版，心裡特別希望能邀請他給我們寫點鼓勵詞。在此再次謝郝老師！

而在前作《書店日常》推出時，我們也誠邀了七位港台書業前輩與新進、文創及影藝工作者撰序，書寫他們與書店的相知相遇、各人對香港二樓／獨立書店的記憶與印象，每篇發自內心抒發對書店的情感，讀來意義深長，希望讀者在細閱作者周家盈所記錄的書店日常經營訪談文稿的同時，並沒有錯過這幾篇難得的推薦序文！

尤其，當中有早期香港本地樓上曙光書店馬國明先生及台灣獨立書店文化協會陳隆昊理事長的經驗之談，兩位前輩也簡要地描述到香港書業在七、八十年代至現今的變化狀況，實可作為讀者認識香港書業發展的另類歷史文本。

另外，台灣逗點文創結社總編輯陳夏民本身也是讀字書店的主理人之一，他當然深明書店經營不易，在序文中他訝異於香港那些開在高樓層中的書店是如何得以維持經營；說起來這不正好隱喻了一種獨特的香港精神嗎？在擠迫的城市中，小店為著生存而往往不得不向上朝天爬升的一種垂直發展方式。可想而知，沒有堅持和理想——也就是郝老師提到的熱情——讓人克服畏高的難關和險阻，真的不行吧。

回到我們香港本地人本身，小說作家天航、陳浩基，文化人袁兆昌及電影人黃修平，在序文中都談到了人與書的緣分、書店在於城市的存在意義、書店守護人對於書本與閱讀的一種難以置信的愛……這一切一切，在「中環價值」這堵高牆面前，當要持守、珍惜，不要不要等到失去了之時，只淪為談論中的憑弔與回憶。

我們不知道在《書店日常》、《書店現場》之後，還會不會再有延續篇的推出。惟望這兩冊小書，能喚起大家對香港書店的重視，關注書店日常的經營生態，也多前往書店現場，看看逛逛，買書細讀，這應該便是讓書店延續及對書店支持的最好方式吧。

在前作《書店日常》出版時，我們曾透過臉書對外徵集，希望大眾也來一起發表：「#關於書與書店我想說的是——」的感言。就在《書店現場》這書最後的篇幅裡，分享當中一些讀者的感受，盼與愛書人，共勉之。

鳴謝

周家盈

我其實並沒想過成為一位作家，一直以來，只寫眼睛看見、觀察到城市中的生活細節。能夠出版第二本書，實在想也沒想過。

感謝阿丁成為伯樂，讓當初寂寂無名的書稿，以一人之力，由整理、校對、編輯到印刷及行銷，令這本書能順利出版。感謝曦成以簡約清新的設計，為文字賦予生氣活力。

感謝此時此刻捧書閱讀的你，當然還有為我娓娓道來回憶與故事的書店經營者們。

感謝生我下來，鼓勵我自由創作的父母。

最後得感謝永遠充當第一位讀者，無條件支持我的Ross。

參考書目

《香港書店巡禮》，翁文英、徐振邦、方禮年合著，獲益出版，一九九八年

《閱讀深情——私藏書店風景》，徐振邦著，文星圖書有限公司出版，二零零二年

《閱讀方向——測繪書店地圖》，徐振邦著，文星圖書有限公司出版，二零零二年

《半世紀風雲——專訪香港書業翹楚》，謝妙華採訪及撰寫，世界出版社出版，二零零四年

《江海滔滔——香港書業的昨天·今天·明天》，世界出版社編委會編著，世界出版社出版，二零一四年

#關於書與書店我想說的是……

遊走書店書櫃間，
可發掘未知的原石，
亦可窺探到書店主人的個性，
亦可認識擦身而過的同路人。
每次拜訪新舊恍如去旅行，
為即將遇到的書、人和事感到緊張和興奮。

—— Katherine To

每間書店有不能言喻的色彩，
從採書、布局、擺設等等
導引讀者在芸芸書海中取下一本書，
放下錢，拿回家去讀，
那是讀者和書店獨有的靈魂連繫。

—— Samuel Wong

若果一座城市，
缺少了書與書店，
就如人失卻靈魂一樣。

—— Lo Wing Yan

書承載著人類的知識，
書店承載著人對書的記憶。

——黃士倫

書與書店共同營造的實體空間
將形成人與人之間知識交流
分享的微型藝文中心。

—— Tian Sz Yu

雖說『行萬里路勝讀萬卷書』，
但我認為閱讀可帶來另一種體驗及感受。
對我來說，書店就像寶庫，
而書就像獨一無二的寶物，
每讀完一本就帶來了連出走也不能帶來的知識及體會。

—— Tiffany Low

在書店可以與書交流，
翻到有感覺的，就是屬於你的。
整件事就像結識情人一般。

—— Wong Wa Wing

書店其實是都市人的心靈綠洲，
內裡的書儼如一道道清泉與亮光，
或扶持，或並行，或引領，或安慰。

—— David Wong

真正腳踏實地的生活是能踏進一間書店，
拿起一本實實在在的書，
一切都不是虛擬的幻象，
或是需要質疑的網路資訊。

—— balien bao

人與人之間不可缺少的連結。
作為書店從業人員覺得很幸福！

—— Bella Ng

在腦海中捕獲的喃喃私語，
爬梳晾乾後就成為架上的書；
書店，就是時光流逝的收容站。

—— Will Captain sweatpants

書的每一頁是覺的一瞬間，
那麼書就是作家一生的悟。

—— Kitty Kityee Fung

書是人類魂牽夢縈的小集合體，
而書店是人與書相遇的特殊橋樑！
如果沒有書，
世界給人的禮物所滋生的載體該如何裝填？
如果沒有書店，
人可能就無法與書有相知相惜的情分。

—— Tin-tin Yu

每每置身於書店中，
就明白知識的浩瀚，
自己的渺小，
自自然然就會有尋求知識的衝動，
這種感覺只有在書店中找到。

——程偉恆

書店是一間生果舖，
果實纍纍，
滿是栽種者的心思智慧，
甘甜酸苦，各自細賞。

—— choi iam

書店是一座華麗的墳場，裡面住滿死人。
你展開這些書頁，那些逝者得以重生。
或流光溢彩，或燦若繁星。
你借由那幾頁斑駁粗糙的紙張瞥見他們重生的瞬間。

—— Xenia YM Wan

書如同人生中的地圖，
讓你了解人生的地域。
書店，
就是為你提供不同地圖的補給站。

—— Brian Lee

走進書店恍如穿梭於星河，
每一本書就是通往一個全新世界的入口。

—— Suzanne Lai

書，
在我而言係神畀我嘅一個hints。
每每有嘢諗唔通嘅時候，
我就會去逛書店，逛圖書館。

—— Ivy

很像神隱少女裡的鍋爐爺爺工作的地方，
淘洗換新人們日常生活之必需。

—— Yijhen Lee

書與書店就像一段友達以上、
戀人未滿的關係，
彼此獨立存在，
卻又互相依靠，
相愛不容易，
分別更艱難。

——一方

書店，
是閱讀信徒的避難所。
靜謐的聖堂中捧讀歷史的墓誌銘。
死掉的森林，燃亮智慧之光。

—— Chan Florance

書是知識的泉源，
而書店就是保存泉源的地方。

—— Anson Cheung

近年很多人都說實體書將會被電子書或網絡資訊取代，
但我認為，走進書店、在書架之間遊走、找本想看的書細閱，
絕對比在互聯網以手指按鍵快速取得資訊實在得多。

—— Joanne Wong

書店：珍稀、容我喘息的城市綠洲。
書籍：暫時通往別的世界的通行證。

—— Chui Chun Kit

書櫃的布局，書的篩選、分類方式，
以至是書店的氣味，
造就書店的獨有魅力。

—— LCM

閱讀的本質是孤獨，
而書店讓我們彼此相遇。

—— Ran Bi

獨立書店的存在是一種人情的交流，
而書籍的存在是人們對真實世界的無法忘懷。

——葉乃慈

書店現場

香港個性書店

訪談札記

作者── 周家盈

攝影── 周家盈

編輯── 阿丁

設計── 曦成製本

出版── {格子盒作室 gezi workstation}

通訊地址 / 香港中環皇后大道 70 號卡佛大廈 1104 室

電郵 / gezi.workstation@gmail.com

臉書 / 格子盒作室 Gezi Workstation

發行── 一代匯集

通訊地址 / 九龍旺角塘尾道 64 號龍駒企業大廈 10B&D 室

電話 / 2783-8102

傳真 / 2396-0050

承印── 美雅印刷製本有限公司

出版日期── 2018 年 1 月

978-988-78039-6-6

本書如有缺頁、倒裝，請寄到以下地址替換：
香港中環皇后大道 70 號卡佛大廈 1104 室「格子盒作室」收

推薦序（節錄）：

根據個人觀察，由第一家獨立書店開始，香港的獨立書店在不同程度上都帶著某種文化使命。 這本很可能是香港首部介紹香港獨立書店的小書，所盛載的重大意義不限於書本裡訴說的故事。

——香港曙光書店創辦人　馬國明

我跟香港的『二樓書店』有長達二十年以上的緣分。願本書的出版，不但帶動港人逛書店買書的熱潮，讓書店再度為大眾注視，更希望能作為海外華人訪港時逛『獨立書店』的最佳指南。

——台灣獨立書店文化協會理事長　陳隆昊

書店的垂直高度或許是一種隱喻：書本對於現代人而言，可能愈來愈遠了。但書本沒有長腳，遠離的或許是讀者，書還在架上等人翻閱。

——台灣逗點文創結社總編輯　陳夏民

有一天，我會將這本書當成尋幽探秘的指南，鑽進大街小巷，拜訪一間間獨立小書店。沒有他們，這座城市就會沒有氣質，沒有靈魂。

——香港小說作家　天航

我們閱讀，只是單純為了獲得書本上的知識和文化嗎？本書介紹的各家獨立書店，訪問的各位書店店長，都提供了不同的答案。每一家小書店都有不同的面貌、不同的特色、不同的風格、不同的感覺。

——香港推理小說作家　陳浩基

此書尋訪的香港書店店主，都懷著對書的熱愛經營；在訪談中，讀者會發現，他們幾乎不以為這是一盤生意，而是一門事業、一種使命。

——香港文化人　袁兆昌

我們沒有廿四小時營業、給人通宵打書釘的大型書局；但『隱藏』在城市不同角落的獨立小書店，卻是一眾愛書人的寶藏。這些書店，是有著不同個性、養分濃度甚高的有機空間，各自各精彩。

——香港電影導演　黃修平